嘆きの肖像画

英国妖異譚 2

篠原美季

white heart

講談社X文庫

目次

「嘆きの肖像画」キャラクター紹介

イワン・ウラジーミル(16)
皮肉屋のロシア系移民。
ジャック・パスカル(16)
分厚い眼鏡の勤勉家。
シモン・ド・ベルジュ(16)
フランスの伯爵家《はくしゃくけ》の貴公子。ユウリの守護者。
コリン・アシュレイ(17)
怪しい噂の絶えないオカルト好きの〝魔術師〟。
St.RAFFAELLO

イラストレーション／かわい千草《ちぐさ》

嘆《なげ》きの肖像画《しょうぞうが》

英国妖異譚《えいこくよういたん》2

序章

大きな絵だった。

丸みを帯びた手すりが柔らかい曲線を描く階段の踊り場にかけられている。

玄関から続く市松模様のホールに立つと真正面に見上げることのできるその絵には、窓から射《さ》し込《こ》む月明かりで聖母のような貴婦人の姿がぼんやりと浮かび上がっていた。暗く塗りつぶされた背景が夜に溶け込んでいるせいで、まるでそこに人がいるようにも見える。

伏し目がちの穏やかな目。わずかにほころんだ口元。それは、我が子に向ける母親の慈愛に満ちた微笑《ほほえ》みである。

しかし、絵の中に子供は描かれていない。絵を見る者に見えるのは、こちらに背面を向けた籐《とう》の揺りかごだけだ。それでも、彼女の眼差《まなざ》しの優しさ、柔らかさは、愛《いと》し子《ご》に注ぐもの以外に考えられなかった。

と――――。

ふいに、辺りが暗くなった。

月をよぎる暗雲が、地上からあらゆる光を奪い去る。

そして、訪れた闇《やみ》。

ええええん。

えええええん。

えええええええん。

静まり返った家の中に、赤ちゃんの泣く声が響いてくる。

ここは、イングランド南西部のダートマス。

潮の香りに包まれた街の外れに、その家はある。木立に囲まれ、それほど大きくはないが、海辺にありがちな白壁が美しい。

とはいえ、輝ける陽光にこそ映えるその白壁は、今は月が消えた暗がりの中で生気を失ったように重く沈み込んでいる。それはまるで、得体《えたい》の知れない恐怖の影に、家全体がひっそりと息を殺しているようでもあった。心なしか、空気もじっとりと重く淀《よど》んでいる。

やがて、二階の窓に明かりが灯《とも》った。

バタン、バタンと、扉を開閉する音が続き、人声が階上を賑《にぎ》わせる。懐中電灯の円い明かりに照らされて壁に不気味な影を落とした男たちが、絨毯《じゅうたん》の敷き詰められた階段を慎重な足取りで下りてきた。両側からの階段が一つにまとまる広い踊り場に到着すると、一行の足が示し合わせたように止まった。三本の腕がおのおの手にした明かりを掲げると、交錯する三つの光の輪に照らされて、女性の姿が浮かび上がる。

印象派の作品にしては、肌の艶《つや》がいい。子に向けられる母親の眼差《まなざ》しを見事に捉《とら》えた素晴らしい絵である。ニューヨークの競売にかけられたものを、この家の主人が迷わず購入した。落札価格は予想を上回ったものの、子供を産んだばかりの最愛の妻へ、ちょうどいい土産《みやげ》ができたと喜んで買い込んだ品物だった。

しかし、喜びもつかの間、この絵を飾るようになってから、家の中に異変が起こるようになってしまった。

真夜中、夜泣きするこの家の赤ちゃんの声に誘われるように、どこからともなく物音が聞こえ、ひどい時には階段のそばに置いた物などが壊れるのである。

初めは性質《たち》の悪い悪戯《いたずら》だと思っていた。しかし、交代で何日も寝ずの番を続けてみても、その正体はつかめない。ほとほと困り果てていた時、家人の間でこの絵のことが言われるようになった。

(困ったものだ……)

絵の前に立った主人と思われる男の口から、我知らず大きなため息がもれる。

白髪の交じるグレーの髪。すらりと上背があり、品の良さが全身から漂っている典型的な英国紳士《えいこくしんし》の主人の眉間《みけん》には、数日来の疲れからか、深い皺《しわ》が刻み込まれていた。目の下にうっすらと浮かぶ隈《くま》といい、疲労が極限に達しているのは確かであるようだ。

(何か、因縁のある絵なのだろうか?)

迷信深い主人の脳裡《のうり》に、そんな懸念がよぎっていく。そうして見上げた絵の中の女性が、恨めしげに自分を見下ろしている目に出会う。

違和感を覚えたのは、一瞬だった。

「だんな様?」

使用人に促されて、彼は階下へ向かうべく背を向けた。しかし、すぐに背中に鋭い視線を感じて、振り返る。

目が合った。

その瞬間、先刻の違和感の意味を理解する。理解したと同時に、言いようのない恐怖が主人を襲った。

「馬鹿な……」

うめき声にも似た呟《つぶや》きが、彼の口をついて出た。信じられぬものを見た主人が驚きに目を見開くその前で、絵の中の女性がズイッと近づいてきた。

「ぎゃあああああああっっ!」

屋敷を揺るがすような絶叫が、広いホールに響き渡った。

声に驚いた使用人たちが振り返って見たものは、倒れかかる絵によろめいた主人が、手すりを乗り越えて真っ逆さまに階下へと落ちていく光景だった。

ドサッと物が落ちる鈍い音がした。

続くおぞましいほどの静けさに、口をきく者はいない。ただ、遠くに赤ちゃんの泣き声だけが、絶えることなく響き渡っていた。

第一章　それぞれの休日

1

英国《えいこく》の首都ロンドン。

ウエストエンドと呼ばれる高級住宅地の一画にある骨董街《こっとうがい》を、シャツに風をはらませて飄々《ひょうひょう》と歩く男がいる。長身痩軀《そうく》。長めの青黒髪《ブルネット》を首の後ろで無造作に結わえた男は、名前をコリン・アシュレイという。

当年とって十七歳。サマーセットシャーにある全寮制のパブリックスクール、セント・ラファエロの生徒であり、「魔術師」の異名で知られるオカルト好きの奇人だ。

軽やかな足取りとは裏腹に、すれ違う人間が訳もなく道を譲ってしまうような妙な風格を漂わせた彼は、とある店の前まで来ると足を止めた。鼻先にかけた黒い小さなサングラス越しに建物を見上げる。

その店は、石造りの古い家並みが続く一画に、ひっそりと建っている。看板もなければ、案内もない。ウインドーに飾られた品々から、数ある骨董屋《こっとうや》の一つであろうと予想はつくが、それでもその佇《たたず》まいはほかの店とどこか趣を異にしていた。

覗《のぞ》き窓《まど》のある黒い扉を押し開けると、頭の上で呼び鈴がカランと音をたてた。店の奥から肩にショールをかけた銀髪の老婦人が出てきて、アシュレイの顔を見ると軽く会釈《えしやく》した。思案顔で首を巡らせてから、彼女は奥へ来るよう手招きをする。

アシュレイが通されたのは、パーティションで区切られた来客用の接待スペースの奥にある小さな部屋だった。店の入り口と同じ黒い扉には、記号のような奇妙な文字が刻まれた木彫りのプレートがかけられている。中に入ったアシュレイは、ズボンのポケットに手を突っ込んだまま、面白そうに周囲を見回した。

ひんやりとした空気が沈殿する窓のない細長い部屋には、四方を囲むように陳列ケースや棚が置かれ、そのすべてにぎっしりとさまざまな物が並べられている。

円筒のケースに入った陶磁人形《ビスクドール》。無造作に置かれた片目のテディベア。金箔《きんぱく》の額縁に入った絵画。古い書物。果てはガラスケースに収められた太くて錆《さ》びついた釘《くぎ》など、ジャンルにこだわらないあらゆる収集品が揃《そろ》っているように見える。

突っ立ったままのアシュレイに、背後から老婦人のゆったりとした声がかかった。

「お茶をどうぞ。主人は、すぐに来るそうです」

入り口の脇《わき》にあるソファーセットのテーブルに、陶磁のティーセットが置かれる。焼きたてらしいスコーンがよい香りを放っていて、そそられたようにアシュレイはテーブルに寄った。

注《つ》がれたお茶を片手にソファーに腰をおろした彼は、テーブルの上にあった何かのカタログに視線を向けた。ずっしりと重みのあるカタログの表紙には、英国が誇る老舗《しにせ》のオークションハウス、サザビーズのロゴが大きく印刷されている。手に取ると中ほどに切り取った新聞記事がはさまれている箇所があり、すっと撫《な》でるように動いた指が正確にそのページを開く。

一枚の絵が目に飛び込んできた。

揺りかごを前にした母親の肖像画。描かれてはいない赤ちゃんを容易に想像させる母親の慈愛に満ちた表情が見事に描かれた作品だが、色のくすみと背景の暗さがせっかくの柔らかさを台なしにしている。構図のアンバランスさも、これほどの絵を描く画家とも思えない不自然さがあった。

制作されたのは十九世紀後半。サージェント風という説明書きがされている。つまりオークションハウス側が制作者の断定を避けたということになり、落札予定価格もそこそこの値に止《とど》まっていた。

紅茶のカップをテーブルに戻したアシュレイは、次にはさんであった新聞記事を手に取った。赤いペンで印のされた記事は、三面の小さなものである。ダートマスで起きた転落事故。日付は数か月ほど前のものだった。

「いやいや、待たせて、すまんのう」

アシュレイが記事を読み終わらぬうちに、この店の主人と思《おぼ》しき人物がそう言いながら入ってくる。中肉中背。皺《しわ》の刻まれたふくよかな顔には、商売人らしい柔らかな笑顔が浮かんでいる。しかし注意力のある人間なら彼の顔に違和感を持つであろう。原因は、彼の目にある。左右で微妙に色の違う灰色の瞳《ひとみ》が、見る者をどこか不安な気持ちにさせる。それは彼の商売上、実に都合のいい反応といえた。

男の職業は、霊媒師だった。

表の顔はあくまでも古美術商であり、アシュレイの生家であるアシュレイ商会との付き合いも深い。それで幼少時から顔見知りではあったが、男が霊媒師と知ってから、アシュレイは彼の裏の職業に興味を引かれた。男の方でもアシュレイの中になんらかの力を見ているようで、オカルト関係の知識を惜しむことなく与えてくれる。

今では、持ちつ持たれつの関係で、呼び出したり呼び出されたりの行き来を繰り返している。

「ほう。しばらく見ないうちに、ずいぶんと強力な力を手にしたようだ」

アシュレイの肩の辺りから頭にかけての部分を、どこに視点を据えるでもなく眺めていた男が、やがて感嘆したように言った。

「そのぶんでは、退屈する暇もないかな」

どこか羨《うらや》ましそうな口ぶりで言われた言葉に、アシュレイは口元をかすかに緩めた。しかし言葉にはせず軽く肩をすくめると、顎《あご》の先で手元の資料を指し示す。

「それで、ミスター・シン。あんたの用件というのは、これのことだな？」

これ見よがしに置いてあったカタログと新聞記事。これだけではなんのことか分からないが、まさか無関係ではあるまい。

案の定、ミスター・シンと呼ばれた男は頷《うなず》いた。

「さよう。このカタログは、半年前にニューヨークで開催されたサザビーズのオークションで配られたものだ。記事をはさんでおいたページの絵は、まさに今回問題となっている絵なんだが、その新聞に載っている死亡した男性が落札している」

ミスター・シンは、カップに自分でお茶を注《つ》ぎながら、先を続けた。

「わしにその絵の回収を依頼してきたのは、この記事にある男性の前に持ち主であった男の奥方で、今は未亡人だ」

「未亡人？」

アシュレイが、不思議そうに訊《き》き返す。

「前の持ち主も死んだってことか？」

「そのとおり。ついでに言うと、そのまた前の持ち主も絵を買ってすぐに死んどるそうだ」

色の異なる目を据えて意味ありげに告げる相手に、アシュレイは改めてカタログへ手を伸ばした。

「なるほど。呪《のろ》われた絵画ね……」

呟《つぶや》いて、絵の女性をしげしげと眺める。ミスター・シンは、そんなアシュレイの反応に満足したようにお茶の香りを楽しんでいる。

「まあ、面白そうな話ではあるが、それで俺にどうしろと？」

新聞記事を仔細《しさい》に検分していたアシュレイが、顔を上げて訊《き》いた。

「まさか、ダートマスまで出向いて、この絵を取ってこいとは言わないだろう」

「ダートマスには、もう行ったよ。一足違いだった」

香りを楽しむだけでいっこうに減らないお茶のカップをテーブルに戻して、ミスター・シンはお腹《なか》の上で手を組んだ。

「主人の転落事故の後、家を明け渡してしまった夫人の話によれば、この絵は、新しい家主のもとに来た下宿人が夫人の了承を得て持ち帰ったそうだ」

「ほう、呪われた絵だってのにか？　それもまた無責任な話だな」

「そう責めなさんな。夫人は絵に関する因縁話は何も知らなかった。ただ、なんとなく気味が悪くて処分したかったらしい」

アシュレイは、ふんと鼻で笑った。新聞の切れ端を指先でひらひらさせながら、相手に先を促す。

「それで？」

「新しい持ち主は、軍人の息子だ。この九月からダートマスの海軍士官学校に通うことになっている。名前は確か——」

ミスター・シンは、一瞬、奇妙な目でアシュレイを見やってから続けた。

「リチャード・エリオット」

黒いサングラスの奥で、アシュレイの切れ長の目がわずかに細められた。

「リチャード・エリオット？」

「ほほう。その様子じゃ、やはり知っておるようだな」

ミスター・シンは、お腹《なか》の上で組んでいた手をほどいて掌《てのひら》を上に向けた。色違いの瞳《ひとみ》が嬉《うれ》しそうに笑っている。

「おそらくそいつだ。なにせ、エリオットという男、その絵をサマーセットシャーにあるパブリックスクールに搬送したというからな」

ミスター・シンの店を辞したアシュレイは、考え事をしながらセント・ジェームズ街を歩いていた。

リチャード・エリオット。

今現在セント・ラファエロの生徒であれば、その名前を知らない人間はいない。全校生徒の憧《あこが》れの的《まと》である生徒自治会《スチューデントソサエティ》の執行部で今期の総長を務めた男である。軍人一家の長男でちょっと頭は固いが、単純明快で正義感が強く、なべて人望の厚い理想的な総長だ。

しかし、アシュレイとはそりが合わない。ミスター・シンの頼みは、なんとか相手を説得して絵を回収してほしいということだったが、アシュレイが話を持っていったところで向こうは聞く耳をもたないだろう。

それでもアシュレイは、ミスター・シンの依頼を引き受けた。アシュレイには、アシュレイの考えがあってのことだ。

(問題は、あの男が、なぜ、あと二週間足らずで卒業する学校に、わざわざ絵を送りつけたかということだ)

通りに面した公園からあふれる木々の濃い緑に目をやりながら、アシュレイは広い歩道をゆっくりと進む。

(おそらく無意識に、それが当然のことのように送ったに違いない。絵の霊性がそれを望んだか、あるいはあの力に引き寄せられたか――)

どちらにしろ、面白いことになりそうな予感がした。

「東洋の真珠」とあだ名される黒絹の髪をした少年の顔が目に浮かぶ。口元に愉悦に満ちた微笑を浮かべたアシュレイは、そこで急に歩みを止めた。彼の五感に触れたものがあったのだ。

アシュレイは、何かを探すように首を伸ばす。

正面にバッキンガム宮殿を望む二重の並木を配するこの大通りは、日曜日になると決まって歩行者天国となる。観光客を含む大勢の人で賑《にぎ》わう中、並木の向こうに見える青草の生えた公園のベンチに見知った同級生の顔を見いだして、自分が何に気を取られたか理解した。

そこにいたのは、くすんだ亜麻色の髪に暗い緑色の目をしたチャールズ・ハワードだった。

セント・ラファエロに五つある寮《ハウス》の一つであるアルフレッド寮における今期の寮長で、アシュレイの隣人であるヴィクトリア寮の寮長エーリック・グレイと並んで、来期の総長候補に名乗りをあげている人物だ。銀行家の次男坊で性格は横暴。あまり人に好かれるタイプではない。

来期の学校生活におけるハワードの独裁体制はアシュレイとしても敬遠したいところだが、対抗馬のグレイが不調で雲行きは怪しい。学校内の行事にはあまり首をつっこみたくなかったが、この際打つ手を考える必要があると思っていた矢先なだけに、自分の悪運の強さに感心する。弱みの一つでも探ってやろうと、街路樹に寄りかかるようにして道から退いたアシュレイは、「これは、これは」と呟《つぶや》いて小さく口笛を吹いた。

「あの男も、隅に置けない」

木陰に身を隠すようにして憮然《ぶぜん》と座るハワードの隣には、はっと目を引くほどの美人がいる。白く小作りな顔は黒々とした巻き毛に縁取られ、濡《ぬ》れたような紺青《こんじょう》の瞳《ひとみ》が媚《こび》を含んで人を見る。

(あんな目で言い寄られたら、大抵の男はその気になるだろう)

それにしても、女が抱いている乳飲み子が気になる。このシチュエーションでの赤ちゃんの存在は、火種とみて間違いない。

ハワードが乱暴に立ち上がった。一言二言、捨て台詞《ぜりふ》を残して歩き出す。幕間劇でも見るように、興味深そうに二人を観察しているアシュレイは、一人ベンチに残された女に興味を引かれた。そのままの姿勢でベンチに座りながら、無情にも去っていった男の後ろ姿を、柳眉《りゅうび》を逆立て憎々しげに睨《にら》みつけている。恨みに凝り固まった鬼の形相。その目に宿る暗い炎を、鋭いアシュレイは見逃さない。

(あの女、何かしでかしてくれそうだ)

サングラスの下で、青灰色の瞳が妖《あや》しく光る。肘《ひじ》をついていた街路樹の幹をはじいて身体《からだ》を起こしたアシュレイは、相変わらずベンチに座ったままでいる女の方に向かってまっすぐ歩いていった。

2

ユウリ・フォーダムは、大釜《おおがま》やフライパンが並ぶ厨房《ちゅうぼう》でお盆の上に食器を並べながら、開け放たれた窓の外のまばゆい景色に見入っていた。

（思いきって来てみてよかった……）

そんな思いが、漆黒の目を眩《まぶ》しげに細めるユウリの心に萌《きざ》す。

ここは、ユウリたちの学舎《まなびや》であるセント・ラファエロから車で一時間ほどの場所、ブリストル郊外に位置する私設孤児院である。生まれたての赤ん坊から義務教育を終える十六歳までの孤児を預かるこの施設は、合計すると三十人近い子供で賑《にぎ》わい、いつも活気に満ちている。

経営者は、この辺り一帯の牧場主を夫に持つミセス・ケイトという女性で、彼女はユウリたちが暮らすヴィクトリア寮の寮母も兼ねている。私生活においても人の面倒をみている彼女は、世話上手との定評があるが、確かにさりげない気配りや相手に応じた配慮の仕方は天下一品で、寮生の間でも信頼が厚い。

穏やかで笑顔を絶やさないミセス・ケイトの人柄を反映したようなこの孤児院は、誰にとっても分け隔てなく居心地のいい空間を作り出していた。

子供たちの明るい笑い声が絶えない施設に、幾人かの生徒たちとボランティアで来ているユウリである。屋根の修理から食事の仕度まで仕事は山ほどあるうえ、今日は、牧場主の計らいで屋外バーベキューをやることになっていたので、いつも以上に忙しい。次から次へと用事を言いつけられる中で、ユウリは心に重くのしかかっていた憂鬱《ゆううつ》が徐々に解消されていくのを感じていた。

それというのも、先月の半ば過ぎにセント・ラファエロで起きた悲惨な事件。事故死とされた友人ヒュー・アダムスが、実際は妖精《ようせい》の呪《のろ》いをうけた中世のお姫様に取り殺されたという信じがたい事件で、ユウリは精神的に打撃を受けた。そのうえ、その衝撃を引きずったまま受けた卒業試験であまり芳《かんば》しい成績を残せず、暗澹《あんたん》たる気分でいたのだ。

そんなユウリを見かねて、親友であるフランス貴族シモン・ド・ベルジュが連れ出した先が、この孤児院でのボランティア活動だった。シモンの狙《ねら》いどおり、ここに暮らす子供たちの元気で生き生きとしたエネルギーに触れるうち、ユウリの中で何かが変化した。周囲に同調しやすいユウリにとって、ここは気分転換に最高の場所であったといえよう。

ユウリは、大きく深呼吸をしてから気分も新たに頭上の棚に腕を伸ばした。

そこで手に触れたものに、「おや?」と首を傾《かし》げる。陶器とは明らかに異質の感触。ちょっと背伸びをして覗《のぞ》き込《こ》むと、戸棚の奥の暗がりに、ぽつんと一つ、静かな存在感を示して木製の器があるのが目に入る。木をくりぬいた半円形のボウルだが、縁に彫られた模様がなんとも精緻《せいち》で美しく、何より胴体の滑らかな丸みが掌《てのひら》にしっくり馴染《なじ》んで、二度と放したくなくなりそうだ。

ユウリは、それが妙に気に入った。

使ってもいいのだろうかと一瞬考えた後、食器棚に入っていたのだから使っていいのだと勝手に判断する。軽く水で流してから布巾《ふきん》で拭《ふ》いて、数種類のパンを盛りつけて窓辺に置く。それからカップやお皿の数を揃《そろ》えていると、孤児院の最年長組に属する女の子が三人、様子を窺《うかが》うように入ってきた。

動きやすいジーンズやキュロット姿の彼女たちは、動作も機敏で働き者だ。今学期で公立中学を卒業するから、ユウリたちとは学年が一緒ということになる。そのせいもあってか、みんなとてもフランクで親しみやすく、何度かここを訪れているユウリとも、すでに顔なじみである。

「ユウリ、バーベキューの準備ができたって」

「今、ベルジュが火を移しているトコ。なんか手伝う？」

クイーンズ・イングリッシュとは違う、公立特有のややくだけたステートアクセントで言いながら、三人はてきぱきとナプキンやフォーク、スプーンを出してくる。その物慣れた振る舞いからは、日頃、こうして年下の子供たちの面倒をみている様子が窺われた。

「そうそう。院長先生が、パンが足りないって言ってたっけ」

リズと呼ばれる見事な金髪を惜しげもなくショートに切った少年のような女の子が言うのに、ユウリも気軽に応じる。

「ああ、それなら、窓のところに用意してあるから」

「窓のところに用意って……」

お洒落《しゃれ》につぎはぎしたジーンズをはいたメアリーという子が、呆《あき》れたように振り返った。

「器だけ？」

「えっ？」

ユウリが驚いてそばに寄ると、確かに盛ったはずのパンはきれいさっぱりなくなり、空の器だけが、ぽつんと窓辺に残されていた。

「あれ、嘘《うそ》。なんで？」

目を丸くしてうろたえるユウリを、女の子たちが楽しそうに眺めている。

「おかしいな。確かに盛りつけておいたんだけど」

「やだ、ユウリ。魔法で取り出したパンでも入れといたの？」

「違うよ。可愛《かわい》いユウリのことだもん。きっと妖精《ようせい》にからかわれたんだよ」

口々に言って、きゃらきゃらと笑いだした。屈託もなく笑い転げる女の子たちに、ユウリは途方にくれた目を向ける。それに気がついた髪を赤く染めたサリーという名の女の子が、胸の前で手を振った。

「ごめんごめん。笑ったりして。これは、あたしたちが運んどくから、パンの方、いい？」

　まだクスクス笑いながら、食器ののったトレイを手分けして持ち上げる。

「今度は魔法じゃなくて、あの袋から取り出してね」

「あと、冷蔵庫にあるミルクも」

最後にさりげないお洒落《しゃれ》が似合うメアリーが言い残して、彼女たちは出ていった。

「ユウリって、そばで見るとホントにきれいだよね」

「お人形っぽいよ。でも、焦《あせ》った顔がキュート。思わず抱きしめたくなっちゃった」

「あたし、やっぱ、ユウリのファンになろっかな。どうせベルジュは、イエローメイズのお嬢様連中が放さないし」

「ああ、あいつら、ここは社交場じゃないって……」

　扉を閉めなかったせいで、去っていく彼女たちの声がここまで響いてくる。取り残されたユウリは、聞こえてきた内容にちょっと顔を赤らめて小さくため息をついた。

　それから思い出したように大慌てでパンの袋を取り出してきて、窓辺に近づいていく。

　器は、相変わらずそこにあった。

　改めて首を傾《かし》げたユウリの動きに合わせて、黒絹の髪がさらりと揺れた。

本当に、どうなっているのだろうか。さっきは確かにパンを盛りつけたはずなのだ。あのパンは、どこに消えてしまったのか。器を手に取ってひっくり返したり下から覗《のぞ》き込《こ》んだりしてみるが、別段変わったところもない。もう一度、首を捻《ひね》ったユウリが、諦《あきら》めて器を持っていこうとした時、窓のところで何かがきらりと光った。

（——？）

足を止めたユウリは、窓の方を振り返る。

戻ってみると、そこには一枚のコインがあった。紋章と文字が刻まれたそれは、コインというよりメダルである。恐らくどこかの家に受け継がれた何かの記念メダルのようなものだろう。書いてある文字は、残念ながらユウリにはよく分からなかった。ミミズがのたくったような記号は、もしかするとヘブライ語、少なくとも中近東の辺りで使われる言語ではないかと思う程度である。

「ユウリ！」

突然、大声で呼ばれたユウリは、ぎくりとして思わず持っていたメダルをポケットに滑らせた。

声の主は、窓の外にいた。厨房《ちゅうぼう》よりも低くなった地面に、一人の少年が立っている。俯《うつむ》き加減で顔は見えないが、薄茶のくせ毛が綿菓子のようにふわふわしていた。

「早くしないと、食べ物がなくなっちゃうよ」

少年は、南側のテラスを指さしながらそう告げた。そして返事も聞かず、もと来た方へ駆け出していく。その素早さといったら、止める間もない。誰に頼まれたのか知らないが、またあの少年に足を運ばせないように、冷蔵庫からミルクの壜《びん》をつかみ出し、片手にパンの入った器を抱えて、ユウリは大急ぎで厨房《ちゅうぼう》を後にした。

正面の広間を横切ってテラスに回ると、石を積んで造った大小あわせて五つほどある即席の炉から、モクモクと煙が上がっている。その一番大きな炉の前に、ひときわ目を引く長身のシモンがいた。ブルージーンズにベージュのデニムシャツというラフな服装で立っているにもかかわらず、陽光に白く輝く髪が神々《こうごう》しく、近寄りがたい雰囲気がある。

ユウリの姿を見つけたシモンが、優雅に手を挙げて合図する。

すると周囲に群がっていた女の子たちが一斉にこちらを振り返った。ワンピースにフリルのついたエプロン姿の彼女たちは、ここからちょっと離れた場所にあるイエローメイズという お嬢様の通う私立学校の生徒たちであろう。ここは社交場じゃない、と憤慨していた働き者の女の子たちの言葉が、なんとなく頭に蘇《よみがえ》る。

両手のふさがっていたユウリは、目だけで応じてそそくさとテーブルに寄った。

「ミセス・ケイト。パンはどこに置きますか？」

「まあ、ユウリ。ありがとう。一人で厨房に行かせて。寂しかったでしょう？」

六十に手が届いているミセス・ケイトではあるが、微笑《ほほえ》む顔はまだ十分若い。からかうような言葉に、「とんでもない」と真面目《まじめ》に応じるユウリに、彼女の笑みが深まった。

「その辺に置いておけばいいわ。食べたい人が、勝手に取りに——、あら？」

ふいに言葉が途切れた。

不審に思ってユウリが見返すと、ミセス・ケイトの視線は器を手にしたユウリの手元にじっと注がれている。

「その器……」

言いながら手を差し伸べて、パンの入った器を受け取った。しげしげと器を眺めながら、ミセス・ケイトが言う。

「懐《なつ》かしいわ。これは、私がまだ小さかった頃に、この孤児院のそばに住んでいらしたお婆《ばあ》さんに頂いたものなのよ」

昔語りを始めたミセス・ケイトに、ユウリは空いていた椅子《いす》に腰をおろして話に耳を傾けた。彼女が、この孤児院の出身であることは知っていたが、こうして昔の話を聞くのは初めてだった。子供たちも興味を引かれたように、一斉に身を乗り出してくる。

「そのお婆さんは、当時、魔女だと噂《うわさ》のあった人だけど、とてもいい方で、私たちはみんな懐いていたの。ある日、彼女の家に遊びに行った私は……彼女はよくお菓子を焼いてくれたので、みんなでこっそり遊びに行っていたのね……、それで、その時、窓辺に置いてあったこの器が気に入ってしまって、どうやら彼女にとてもせがんだらしいわ」

ミセス・ケイトは、「私は、自分にとって都合の悪いことは忘れてしまうのだけど、一緒にいた友達にはよくからかわれるの」と言って、困ったように笑う。

「お婆《ばあ》さんは、私にそれをくださって、こう言ったわ。これは、妖精《ようせい》の器だから、これに食べ物を盛る時は、必ず家にいる妖精にもおすそ分けをするようにって。そうすれば、その家は妖精に守ってもらえるのですって」

ユウリは、語られた話にドキリとする。

（……おすそ分け？）

「それで、院長先生はためしたの？」

小さい子供が目を輝かせて訊《き》くのに、ミセス・ケイトは微笑《ほほえ》みながら応じた。

「ええ、もちろん」

「わああ、妖精に会えた？」

「そうね。会えたというのかしら。姿は見えなかったけど、食べ物はなくなったわ。本当に気に入られると契約の印をもらって友達になれるのだそうだけど……」

「ケーヤクノシルシって？」

まだ五歳くらいの小さな子供が、がたがたと椅子《いす》を揺らしながら叫ぶ。

「お友達になったという証《あかし》みたいなものよ。話では、妖精の宝物をくれるそうだけど、その宝物というのは小石だったり枝だったりと、人間には分からない場合もあるみたいね」

子供の口元をナプキンで拭《ふ》いてやりながら、ミセス・ケイトは穏やかに笑う。

「今でも妖精《ようせい》は来るかしら？」

今学期で初等教育を終える女の子が、ちょっと大人びた口調で言う。

「あら、妖精って、なんの話？」

ふいに背後から声がかかった。

振り返ると、さっき厨房《ちゅうぼう》で一緒になった世話役の女の子の一人である金髪のリズが、焼きあがった肉や野菜を盛ったお皿を差し出していた。

「妖精の器ねえ」

食べ物をよそい分けている間、子供たちが一斉に説明するのを楽しそうに聞いていた彼女が、好奇心旺盛《おうせい》な緑色の目でユウリを見る。

「やっぱ、妖精にたぶらかされたんだ」

「えっ？」

ユウリは内心の動揺を隠すようにすっと目を伏せた。とたん、煙るような漆黒の瞳《ひとみ》は神秘のベールに覆われる。

「ホント、可愛《かわい》いくせに、神秘的」

テーブルに片手で頬杖《ほおづえ》をついたリズは、空いている手を伸ばして男っぽい仕草でユウリの髪を梳《す》き上《あ》げた。

「しかも、さらさらの髪」

「あ、ずるい、エリザベス。あたしだって、その髪に触りたかったのに」

「そうよ。抜け駆けはなしよ。エリザベス」

雪崩をうって、残りの二人が輪に加わった。

「分かった。分かったから、その女くさい名前で呼ばないで。リズよ」

瞬《また》く間《ま》に三人娘に取り囲まれたユウリは、伸ばされる手を払うこともできずに固まった。

妖精《ようせい》の話は、どこへいってしまったのか。続きを聞きたかったが、迫力に呑《の》まれて彼女たちのなすがままである。調子に乗った子供たちまでもが、ユウリの周りに集まり始めた、その時――。

ガシャーン。

金属の倒れる音が、辺りに響いた。

ワンテンポ遅れて、女の子たちの悲鳴が交錯する。

ユウリが驚いて見上げた先には、自分の手を押さえるシモンの姿があった。明るい太陽の下に、子供たちの不穏な声が響き渡る。

慌てて立ち上がったユウリの背中に、ミセス・ケイトの声がした。

「奥の冷凍庫に、氷が入っているわ。それを使ってちょうだい」

ユウリは振り返って頷《うなず》くと、一目散に駆けていった。

静まり返った厨房《ちゅうぼう》に、ユウリの慌ただしい靴音が響く。言われたとおり、奥の巨大な冷凍庫から氷を取り出すと、大きめのボウルに移して水を張る。ザアザアと流れる水の音ですら、じれったい。出来上がった氷水を持ってきびすを返そうとしたところへ、ちょうど戸口からシモンが入ってきた。右手を左手で押さえてはいるが、こんな時でも足取りは優雅で気品に満ちている。

「シモン、大丈夫なの？　今、氷水を持っていこうと……」

「うん、そうだろうと思って、僕もこっちに来た。そのほうが早いし、外野の目も煩《うるさ》くないからね」

あっさり言って、用意された氷水の中に手を入れる。左手が放れると、右手の甲には、見て分かるほどの蚯蚓腫《みみずば》れができていた。

「痛い？」

「まあ、多少はね」

痛ましげにボウルを覗《のぞ》き込《こ》むユウリを安心させるように、シモンは空いている手でユウリの額を軽く突っついた。

「心配しなくても、大した火傷《やけど》じゃない」

けれど反動で上がった顔は、まだ疑わしそうにシモンを見ている。

「本当に、大したことはないよ」

「でも、珍しいよね、シモンが怪我《けが》するなんて」

「そうかな?」

「うん。いったい何があったの?」

シモンのことだ。てっきり誰かを庇《かば》ったものと思いながら訊《き》くと、答えは意外にも違っていた。

「何って、ちょっとよそに気を取られていたら、手が網にぶつかったんだよ。間抜けな話で申し訳ないけど」

言って肩をすくめたシモンは、視線をユウリの頭へ移した。

「髪が」

言いながら、左手でユウリの黒髪にそっと触れる。

「すごいことになっている。まるで台風に遭ったみたいだよ」

「あ、うん」

さっきまでの状況を思い出して、ユウリは苦笑した。

「ある意味で、嵐《あらし》の中にいたようなものだから」

「ああ、そうだったね」

同意したシモンが優しい手つきで髪を整えてくれるのに任せて、ユウリはほっと息を抜く。大勢の人間に触られるのは、たとえそこに悪意がなくても、錯綜《さくそう》する思念にもまれるようで苦手だった。知らず緊張していた心が、緩やかに解《ほぐ》れていくのを感じる。

しかし、穏やかな時間は、ここでは長く続かない。遠くからはしゃぐ声と足音を高く響かせて、リズを先頭に賑《にぎ》やかな一団がやってきた。

「ああ、いたいた。ユウリ、これ差し入れ。院長先生が、二人ともほとんど何も食べていないだろうからって、持っていくように言われたの」

ひょいと軽くお皿を回すように、リズがユウリの前に食べ物の山を置いた。串《くし》に刺された肉や玉ねぎやとうもろこしが、こんがりとした焼き色をつけて湯気を上げている。

ユウリとシモンは、嬉《うれ》しそうに顔を見合わせた。

「ありがとう。言われてみたらお腹《なか》がペコペコだったかも」

香ばしい匂《にお》いを吸い込みながら、ユウリが礼を言う。

「どういたしまして。それで、ベルジュの怪我《けが》は？」

腰に手を当てて首をわずかに傾けたリズが、シモンを振り返った。

「大したことないよ。ありがとう《メルシイ・ボクー》」

「へえ、きれいな発音をするところをみると、やっぱ、フランス人なんだ」

「そうだよ《ウィ》」

「どうりで、洗練されてるわけだ」

栗色《くりいろ》の髪のメアリーが、ちょっと頰《ほお》を赤らめてシモンのそばに寄った。

「これって白金《プラチナブロンド》髪かな。リズもきれいな髪だけど、それよりずっと澄んだ色。太陽の光を集めた清冽《せいれつ》な輝きって感じ。まるで神話の世界の人みたい」

手を出すことなど畏《おそ》れ多《おお》いと言わんばかりに側《はた》からうっとり見つめる彼女を見て、ユウリは納得する。これこそが女性が男性を慕う時に見せる姿態であって、彼女たちの自分に対する態度は、玩具《おもちゃ》かせいぜいペットに対するものの域を出ていない。すごく理不尽に思えるが、世の中こんなものである。

「そういえば、今日、セシリアは来ていないんだね」

気分を変えるつもりで、ユウリはそう訊《き》いた。しかし、すぐに後悔する。その場の空気が、微妙に変化したからだ。

シモンが、氷水から上げた手をタオルでくるみながら、ユウリの方にちらりと視線を走らせた。

去年までここで暮らしていたセシリアは、誰もが振り向くような美人として有名だ。黒髪に濡《ぬ》れたような紺青《こんじょう》の瞳《ひとみ》。「白雪姫《スノーホワイト》」と呼ばれ、セント・ラファエロにも彼女のファンは大勢いる。

もちろん、ユウリもその例にもれず、彼女に憧《あこが》れてはいた。けれどあくまでも会えて嬉《うれ》しい程度のもので、今もなんとなく名前を口にしただけだったのだが、意外な反応に驚かされる。それはほんの一瞬にすぎなかったが、なんとも言えぬ重たい沈黙がよぎったのは確かだった。

「……セシリアは」

返答に一呼吸置いたリズは、すぐに何事もなかったように言った。

「ちょっと用ができたって、朝のうちに電話があったの」

それから婀娜《あだ》な目で、からかうようにユウリを覗《のぞ》き込《こ》む。

「何、ユウリ。実はセシリアに熱をあげてるとか？」

ユウリの頬《ほお》に朱がさした。それが、言われたことに対してなのか、必要以上に近づいたリズの魅惑的な瞳《ひとみ》に対してなのか、その場を上手《うま》くごまかされた戸惑いによるものなのか、ユウリ自身にも分からなかった。

「……そういえば君たちも、今年で中学を卒業するのだったね。その後は決まっているのかい？」

シモンがさりげなく話題を変える。

そんなシモンをリズが見透かすように振り返った。一瞬、何か言いたそうな表情をしたが、小さく肩をすくめて質問に答えた。

「メアリーは、服飾デザイナーの専門学校に行って、仕立ての勉強。目指すのは、パリコレ。ベルジュも今のうちに投資しといたら？」

「心しておくよ」

シモンはメアリーの手作りらしきアクセサリーや継ぎをあてたジーンズを横目に、まんざらでもなさそうに返事する。

「サリーは、ロンドンに出て、美容師に弟子入りね。ちなみに私の髪も彼女の作品」

リズは言いながら、ばっさり切られた金髪を自慢げに披露する。

ユウリは、そんなリズを眩《まぶ》しげに見つめた。

幾たびの悲しみや悔しさを乗り越えてきたしなやかな強さが、リズを内側から輝かせているようだ。それぞれの道を歩みだす友人を誇らしげに紹介する様子は、同い年とは思えないほど大人びて見える。

二年後にそれぞれの目標を持ってセント・ラファエロを卒業する時、果たして自分はこんなふうに生き生きと未来を語ることができるだろうか。そんなことを考えて、ユウリはよけい落ち込んだ。

「それで、君は?」

「私は……」

シモンに問われ、珍しくちょっと赤くなって声を小さくしたリズに代わり、メアリーがまるで自分のことのように得意げに言った。

「リズは、成績がメッチャ優秀だから、ある人の援助で進学に決まったのよ」

「へえ、それなら第六学年級学校《シックスフォームカレッジ》へ行くのだね？」

何げなく言ったシモンに、リズは困ったように首を振る。

「そうじゃなくて、ウィンチェスター校の第四学年《シックスフォーム》へ……」

これには、ユウリも驚いた。

英国《えいこく》の教育制度は、公立系と私立系、パブリックスクール系がそれぞれ独自の流れを持っていてそれが複雑に絡《から》みあうので理解するのが難しい。基本的には義務教育は五歳から始まり十一歳までが初等教育、十一歳から義務教育修了の十六歳までが中等教育となっているが、二歳から七歳、七歳から十三歳を区切りにするところもあり一概《いちがい》にこうとは決められない。ただ中等教育修了時に行う中等教育修了証の試験が、どの教育の流れの中でも共通している。その後就職のための職業専門学校へ進む人や、高等教育を受けるために進学する人とに分かれることになる。

公立系の流れは、主にファーストフォームである十一歳を第一学年として始める総合中等学校に通い、フィフスフォームと呼ばれる第五学年を十六歳で卒業する。そして進学を希望する場合は、学校に併設された二年間のシックスフォームと呼ばれる第六学年級かあるいは専門の第六学年級校へ入学する。

それに対しパブリックスクール系では、ほとんどの伝統校が十三歳入学をとっている。つまり中等教育の最初の二年間であるファーストフォームとセカンドフォームをプレップスクールといわれるパブリックスクールに入学するための予備学校のようなところで過ごし、一般のサードフォームを第一学年として始める形式である。そのため、義務教育を修了し大学受験にあたるAレベル試験を受けるための二年間のシックスフォームが、第四学年にあたるのだ。

階級制度がいまだ根強く存在し教育の場においてもあらかじめ進む道が決められているような英国だからこそ、こういったややこしいシステムが成立してきたのだろう。とはいえ、初等教育からサードフォームの途中までを公立の学校で過ごしたユウリのように、最近では公立、私立、パブリックスクールを自由に選ぶ風潮が生まれつつある。その流れの一環として、伝統校と呼ばれるパブリックスクールが、軒並み第四学年に限り通学生として女子の入学を受け入れたりもしている。もっとも教育レベルからみて、そのほとんどは私立の女子高出身のお嬢様ばかりで、リズのように公立の学校からパブリックスクールの第四学年に入るのは相当なものといえた。まして学力では英国一を誇るウィンチェスター校である。

「それはすごい。おめでとう」

心から賛辞を送るシモンに、リズも一瞬だが、誇らしげな顔になる。

「サンクス。……でも、院長先生たちが大変なこの時期にここを離れるのはちょっと複雑な心境かも」

言いながら表情を曇らせたリズに、ほかの二人も同意する。

「それは言えてる。あたしたちはもともと今年で出る予定だったからいいけど、ほかの子供たちはどうなっちゃうのかな」

ユウリとシモンが訝《いぶか》しげな視線を交わす。そのまま目でシモンに促されて、ユウリがリズに向き直る。

「あの、大変な時期って、なんのこと？」

「院長先生から聞いてない？」

「え、うん。何も」

「そっか」

リズは考え込むように緑色の瞳《ひとみ》をさ迷わせたが、すぐに視線を戻して言った。

「私もはっきり聞いたわけじゃないけど、どうやらこの孤児院は、もうすぐ閉鎖されるらしいんだ」

思いもかけぬ言葉に、ユウリは目を見開いた。

「閉鎖って、どうして？」

「知らないけど、噂《うわさ》によると、銀行家のハワード氏がマナーハウスを建てるって」

「ハワード？」

ユウリがシモンを仰ぎ見る。空いている左手で頬杖《ほおづえ》をついたまま眉間《みけん》に皺《しわ》をよせたシモンが応じるより早く、髪を赤く染めた美容師志望のサリーが口をはさんだ。

「そうそう、ラファエロに次男坊が通ってるはずよ。とっても、嫌な奴」

「ホント、傲慢《ごうまん》で偏見に満ちていて最低最悪」

追随したメアリーに、リズまでもが同意を示すように頷《うなず》いている。

「ハワードって、ここに来るの？」

その事実は、ユウリを少なからず驚かせた。というのも、人から聞いているハワードの人物像は、およそボランティア活動などとはかけ離れているのだ。

「時々ね。言っとくけど、ボランティアなんかじゃないわよ。来ては、何様のつもりか知らないけど、院長室で偉そうにお茶を飲んでいく。父親が融資したくらいで、あの態度はやめてほしいわ。みっともない」

憮然《ぶぜん》と言い切るリズに、ユウリの煙るような黒い瞳《ひとみ》がかすかに陰を帯びる。

リズの怒りの波動に触れた瞬間、そこに何か異質なものを感じたのだが、それは明確な形をとる前に消えた。けれどセシリアの時に感じた違和感とあいまって、ユウリは何か腑《ふ》に落ちなかった。無意識に唇に人差し指を当てたユウリを、手先の器用なメアリーに包帯を巻いてもらっているシモンが、テーブル越しに思案顔で見つめていた。

3

「本当の話よ」

帰りの車の中、同乗したユウリとシモンが孤児院の閉鎖についてさりげなく口にすると、ミセス・ケイトは、困ったようなため息とともに肯定した。

「生徒たちには、よけいな心配をかけたくなくて話してないけれど、牧場の方にいろいろ問題があって……」

「口蹄疫《こうていえき》ですか？」

ここ数年、英国《えいこく》から欧州全土を席巻《せっけん》している昔ながらの家畜病の名前をあげるシモンに、ミセス・ケイトは頷《うなず》いた。

「ええ、そう。もともと狂牛病が騒がれた時期に、ハワード銀行から融資の誘いがあったの。でもその時は被害もそれほど大きくなくて、返済は順調に進んでいたのよ」

狂牛病というのは、一九八〇年代の終わり頃から英国を中心に発生した新種の家畜病である。人体にも変異型クロイツフェルト・ヤコブ病という死亡率の高い病気を引き起こすものとして、全世界を恐れさせ、各国で牛肉の輸入規制処置が取られた。

「それが、今回の口蹄疫騒ぎでも国の方針で家畜の半数以上を強制的に処分しなくてはならなくて、もちろん援助はあるものの問題は深刻みたいだわ」

包帯を巻いた手を軽く上にのせて腕を組んでいたシモンが、憂い顔で言った。

「孤児院の経営は、あくまでも慈善事業ですからね。恐らく負債を抱えた段階で、利益の上がらない孤児院の存在は、資金繰りに大きな負担となっていたと思いますよ」

「そうみたいね。気を遣《つか》って、私には何も言ってくれなかったのだけど」

ミセス・ケイトの夫であるケイト氏は、健康的に日焼けした温厚な人物である。広大な土地を所有する名家の生まれであったにもかかわらず、ミセス・ケイトの生い立ちを知ってなお、その人柄を尊重して妻に迎え幸福な家庭を築き上げた。いまだに階級の違いが生活の隅々まで浸透している英国では、それは大変な努力が必要とされたはずである。しかし、ユウリも何度か挨拶《あいさつ》を交わしたことのあるケイト氏は、そんな苦労を微塵《みじん》も感じさせない大らかで礼儀正しい紳士だった。

「それにしても、ちょっとおかしいな」

シモンの呟《つぶや》きに、車窓を流れる景色をぼんやり眺めていたユウリは、視線を戻した。

「おかしいって、何が？」

「いや。僕も英国のややこしい習慣のことはよく分からないけど、ケイト氏の行跡は、紳士の振る舞い《ノブレス・オブリージュ》として、尊重されてしかるべきものだ。いくらハワード氏が正規の手段で手に入れた土地であっても、歴史ある孤児院をそう簡単にはつぶせないはずだよ」

ミセス・ケイトが、感心したようにシモンを見た。それから、今さら何を隠しても始まらないと思ったのか、疲れたような口調で言った。

「そのとおりよ。ハワードさんもその辺は考えたようで、代替地を用意するからと言ってきているみたいね」

「代替地……」

あまりいい場所ではあるまいと思うせいか、シモンの水色の瞳《ひとみ》はきびしく細められた。

「どこに？」

「ロンドンのイーストエンドよ」

「イーストエンド！」

ユウリとシモンは、異口同音に呟《つぶや》いた。

ロンドンのイーストエンドといえば、荒《すさ》んだ貧民街として名高い。物乞《ものご》いや酔っ払いが路上にあふれ、身寄りのない子供たちがストリート・ギャングとなって犯罪に手を染めていくような場所柄だ。田舎で緑も多くのびのびとした環境にあることとでは、雲泥《うんでい》の差がある。よりにもよって、どうしてそんな場所に彼らを送り込もうと思うのか。ユウリには、ハワードの父親が考えていることが理解できなかった。

校長夫人と約束があるというミセス・ケイトと正門前で別れたユウリとシモンは、そのまま、眩《まぶ》しい夏の夕暮れに染まりつつある校舎へと向かった。

背筋を伸ばしまっすぐ前を向いて悠然と歩くシモンよりわずかに後れて、俯《うつむ》き加減のユウリが続く。またぞろ他人事《ひとごと》でどっぷりと沈み込んでいる様子のユウリを横目で見下ろしたシモンは、日に透けて輝く前髪を片手で梳《す》き上《あ》げながらこっそりとため息をもらした。

「……それで、ユウリ。考えているのは、孤児院のこと？」

問いに応じて顔を上げたユウリは、シモンの声音に諦念《ていねん》を嗅《か》ぎ取《と》って苦笑する。

「うん、そう。僕なんかが考えてもしようがないんだろうけど、やっぱりなんとかならないかなって……」

えんえん続く並木が夕陽《ゆうひ》に長く影を伸ばす中、足を止めずにユウリは続けた。

「たとえば、ハワードに頼み込んでみても駄目かな？」

「そうだね。今度の選挙に全面的に協力すると言えば、少なくとも父親に話くらいはしてくれるだろうけど……？」

青い瞳《ひとみ》が問うような鋭さを帯びる。

「それって、グレイを見限るってことだよね。それはできないよ。やっぱり同じ寮の人間を裏切る気にはならない」

深いため息をもらして、ユウリは言う。

アルフレッド寮のハワードといえば、来期の生徒自治会《スチューデントソサエティ》をまとめる総長の座を巡って、ユウリたちの寮の寮長であるエーリック・グレイと対立している相手である。そのハワードに協力するということは、まさにグレイへの裏切り行為だ。特に、来期のヴィクトリア寮の寮長候補であるシモンは、代表入りの件も兼ねて選挙の鍵《かぎ》を握る人物の一人と目されている。ユウリといえども、それくらいの駆け引きは考えているらしい。

「賢明だね。効果が絶対ならともかく、ハワードが提言したくらいで父親のヘンリー・ハワードが翻意するとも思えない。骨折り損だ」

「あとは、うちの父親に掛け合って援助してもらうことも考えたんだけど、どう考えても、そんな金持ちじゃないから……」

情けなさそうに言ってから、ユウリは上目遣《うわめづか》いにシモンを見る。

「シモンのお父さんって、確か慈善事業に熱心だったよね」

シモンの父親であるベルジュ伯爵は、やり手の実業家として有名だが、そのほかにも慈善事業の推進者として各界から尊敬を集めている大人物である。ずるいとは思いながらわずかな期待を込めて訊《き》いたのだが、シモンの答えはそっけなかった。

「そうだけど、父親が僕にとってなんだというんだい？」

ひどく冷めた瞳《ひとみ》がユウリを見る。けれどユウリには、それが自分を通り越して、どこか遠くに向けられているように思えてならなかった。

（シモンはお父さんのことがあまり好きではないのだろうか？）

噂《うわさ》で聞くかぎり、ベルジュ伯爵は非の打ち所のない素晴らしい紳士である。それでも一歩踏み込めば、普通の家庭と同じように、さまざまな問題を抱えているのかもしれない。安易に口にするのではなかったとひどく後悔しながら、ユウリは押し黙った。

下を向いたユウリの頭上で、ため息が聞こえる。

やがて、静かにシモンが言った。

「ユウリ、よく考えてごらんよ。ミセス・ケイトはなんと言っていた？　生徒たちによけいな心配をかけさせたくなかったと言わなかったかい。仮に彼女が生徒の親に寄付を頼みたいと思ったなら、生徒を使わず直接交渉をもつだろう。生徒にそんな気をまわさせるなんて、彼女が一番避けたいことだと思うけど？」

ユウリは、シモンを眩《まぶ》しそうに見上げた。オレンジ色に染まる夕陽《ゆうひ》をうけて、シモンの髪がほんのり色づいている。そのせいで、いつにも増してシモンが神々《こうごう》しくユウリの目に映る。

シモンの考えは正しい。ユウリは、自分の浅はかさが恥ずかしかった。

「それにまあ」

ユウリの気持ちを察したように、シモンは口調を和らげて付け足した。

「別に父に頼らずとも、いざという時は、僕の裁量でそれくらいのお金は動かせる。問題は、ミセス・ケイトが受け取ってくれるかなのだけど、さっきの様子では、最終的にそれもクリアするだろう」

なんでもないことのように話すシモンを、ユウリは驚いて見つめた。本当にそんなことが可能なのかと思うが、ほかならぬシモンのことである。何か秘策があるのだろう。案の定、水色の瞳《ひとみ》を楽しそうに輝かせてシモンが言った。

「ただし、やるからには、止まっている蝶々を飛ばす覚悟が必要だから、僕としてはぎりぎりまで様子をみたいのだよ」

「止まっている蝶々《ちょうちょう》？」

意味がわからず、ユウリが訊《き》き返《かえ》した時、校舎の方からシモンを呼ばわる声がした。

「おい、ベルジュ」

低いがよく響く声に、二人同時に振り返る。

「こっちだ、こっち」

校舎の中央をつらぬいて造られたトンネル通路の脇《わき》に、事務局に直接入れる小さな木戸の出入り口がある。そこから、金髪を短く刈り込んだ上背のあるがっちりとした体軀《たいく》の男が、頭だけを出してこっちを見ていた。

それは、今期の生徒自治会の総長であるリチャード・エリオットだった。

軍人一家の長男であるエリオットは、それにふさわしい鋭さと厳しさを持った男だが、公平で裏表のない性格のため大勢から支持を得ている理想的な指導者である。

ユウリはもとより、シモンもエリオットには好意を抱いていた。

「ちょっと、来てくれないか。見てもらいたい物があるんだ」

その場にとどまろうとしたユウリも、エリオットは手で差し招いた。

「フォーダムも、一緒に来たらいい」

言われたとおり二人揃《そろ》って事務局に入っていくと、受け取りにサインをしたエリオットが、軍人らしい直線的な動きで机を回ってきた。

「呼びつけて悪かったな。窓から姿が見えたもので、つい」

言いながら、程よい位置にあるユウリの頭にぽんと手を置いた。

「孤児院に行ったらしいじゃないか。シスターや子供たちは元気だったか？」

「はい、まあ」

ちょっと言葉を濁したユウリだったが、エリオットは気にしたふうもなく二度ほどユウリの頭を叩《たた》いてシモンに向き直った。

「それはそうと、ベルジュは、絵のことに詳しいと聞くが、本当かね？」

「さあ、興味はありますが、専門家ではないので」

片手を優雅に翻《ひるがえ》し、当《あ》たり障《さわ》りのない答えを返す。

「まあ、そうだろうな」

エリオットは闊達《かったつ》に笑って、机に立てかけてある梱包《こんぽう》された絵を持ち上げた。

「これについて、意見を聞かせてほしい。それで処分するか寄付するか売りに出すかを決めようと思う。詳しくは、歩きながら話そう」

単純明快で分かりやすい要請だった。了承したシモンが、エリオットのあとに続く。内部につながる戸口を出て彼らが向かった先は、校舎の三階にある生徒自治会の執務室である。かつての貴賓室《グレートチェンバー》をそのまま使用した豪奢《ごうしゃ》な室内は、正面の大きなガラスに映った夕陽《ゆうひ》のせいで、年代物の家具も、壁の絵も、飾られた陶磁器にいたるすべてが、時をとどめて趣深い味わいを醸《かも》し出《だ》していた。

エリオットは、窓に近いところにあるマホガニーの大きな事務机の前まで行くと、その上に運んできた絵を置いて、無造作に梱包《こんぽう》を解き始めた。

紙の破かれる音が、息を殺したような静かな空間に響いていく。

(なんだろう――?)

入り口で扉を背にして立っていたユウリは、かすかに変わった部屋の空気に、不安そうに視線を彷徨《さまよ》わせた。

ビリビリ。

ビリビリ。

引きちぎられる紙の音が、空間に傷を残すようだ。

一渡り部屋の中を見たユウリは、最後にエリオットのいる机の方に視線をやった。紙をちぎる音が途絶え、エリオットが絵を持ち上げて周囲の包装を取り払ったところだった。

瞬間。

ユウリは息を呑《の》む。

女が、ユウリを見ていた——。

きつい眼差《まなざ》しだ。

襟にレースをあしらった濃紺の服を着た女性。

それが、現れたキャンバスに描かれた絵であると気づいたのは、隣で腕を組んで傍観していたシモンが、スッと動いた時だった。

揺りかごを前にした母親を描いた作品である。

「断言はしかねますが、タッチは、どうやらサージェントですね」

「サージェントというと……？」

エリオットが戸惑ったように言葉を探す。どうやら美術に関しては、本当に素人《しろうと》に近いらしい。

「ジョン・シンガー・サージェント。フィレンツェ生まれのアメリカ人ですが、パリとイギリスで印象派の画家たちと親しく交友を持ちながら、肖像画を多く残しました。一瞬の表情や情景を捉《とら》えるのが巧みで、テイト・ギャラリーに代表作があります」

シモンが、美術館員のような平板な口調で説明した。そうすることで、相手がそのものについて何も知らなくて当たり前と思わせる効果があるのだ。

「本当に彼の筆によるものであれば、それなりの値打ちがあるでしょう。ただ……」

シモンは言葉を切り、気になることがあるように顎《あご》に手をやって考え込んだ。

「ただ、なんだ？」

「あまりにも、不安定だ」

エリオットの問いに答えるというより、たんに呟《つぶや》くように言われたシモンの言葉に、ユウリはぞっとした。

(不安定――)

まさに、それがピッタリだった。

この絵が放つ、歪《ゆが》んだ気。

怒り。

憤《いきどお》り。

悲しみ。

あるいは、底知れぬ恐怖。

アンバランスで危うい感情の渦に、空間までが傾《かし》いだ気がした。

ユウリは、立っていられず、後ろの扉に寄りかかる。一刻も早くこの場を離れたい。今のユウリは、そのことだけをひたすら願っていた。

しかし机の前にいる二人は、なんでもない顔で向かい合っている。

「不安定というのは、具体的にどういうことだ？」

エリオットが、訊《き》いた。

「彼ほどの画家の絵にしては、構図が片寄っていて、何かおかしいのです」

言いながら、シモンが額《がく》に手をかけた。

「その手をどうした？」

右手を覆う包帯にこの時初めて気がついたらしく、エリオットが驚いた声をあげる。

「これは、バーベキューで、ちょっと火傷《やけど》を」

あっさり言って、シモンは絵を裏返す。すぐにその眉《まゆ》がひそめられた。

「何か問題でもあるのか？」

相手の態度に疑問を持ったエリオットが訊くが、シモンは静かに首を振る。

「……いえ、別に。それはそうと、前の持ち主がこの絵を手放す気になった理由をご存じですか？」

「いや。そこまでは」

「……そうですか」

結局その場ではそれ以上の話はなく、解散になった。

4

夜の帳《とばり》がおりたヴィクトリア寮。

自分のベッドの上で足を伸ばし、窓にもたれてぼんやりと月のない星空を見上げていたユウリは、軽いノックの音に顔を戻した。戸口には、シャワーから出てきたばかりのシモンが、肩にかけたタオルで髪の毛の水分を取りながら顔を覗《のぞ》かせている。

「寝ていたかい？」

「ううん。ぼんやりしてただけ」

言ってから、なんだか間抜けだなと思ったが、頷《うなず》いたシモンに入室の許可を求められて、ユウリは慌てて枕《まくら》もとのスタンドを灯《とも》した。暗かった室内が、暖かみのある色に包まれる。ユウリが眩《まぶ》しげに目をしばたたかせている間、シモンはさっさと部屋を横切ってベッドの横にある椅子《いす》に腰掛けた。

「ユウリに、お礼を言っておこうと思って」

片足を垂直に交差するようにもう片方の膝《ひざ》にのせたシモンに言われ、ユウリは不思議そうに相手を見上げる。

「髪を洗ってもらったので、とても助かったよ。おかげですっきりした」

シモンは、まだ濡《ぬ》れている髪の一房をつまみあげて、上目遣《うわめづか》いで見ながら付け足した。

「バーベキューのせいで油くさかったし汗もかいていたから、さすがにあのままでいるのはちょっと嫌だと思っていたんだ」

「それなら良かった」

ミセス・ケイトから、今晩は大事を取って火傷《やけど》を負った右手をシャワーにつけないよう言われてしまったシモンに、髪の毛を洗おうかと申し出たのはユウリの方だった。

「でも、今日なんか、ほこりだらけで汚かっただろうに、嫌じゃなかったかい？」

「ぜんぜん」

ユウリは、言いながら首を振る。

「いつも手が届かないところにあるシモンの髪に触れて、なんか得した気分かも」

軽いジョークのように言って柔らかく笑ったユウリだが、実はかなり本気である。

日に透けて白く輝くシモンの髪。いつも憧《あこが》れの目で見ていた目の眩《くら》むような髪に、こぼれる光をすくうように手で触れた瞬間、ユウリは我知らず感動していた。神々《こうごう》しいものに接した時のように荘厳《そうごん》な気持ちが湧《わ》き上《あ》がり、うっとりと洗髪していた自分は、考えてみたらかなり危ない人間かもしれない。それでも、光の洪水のようなシモンの髪から流れ込んでくる生気にあふれたエネルギーは、不安定になっていたユウリの心を癒《いや》して冷静な判断力を取り戻させてくれた。

「ふうん。そういえば、気のせいかもしれないけど、ユウリって、人の髪を洗うのに慣れている？」

「えっ、ああ……」

意表をついた問いに、ユウリはちょっと困った表情で黒髪をさらりとかきあげた。

「慣れているっていうか、強引に慣れさせられたっていうのかな」

「それは、習慣？　日本では、人の髪をよく洗ってあげたりするのかい？」

「違う。そんな習慣はない」

日本に関する誤った認識を植えつけないよう、ユウリは慌てて否定した。

「僕の場合は特別。小さい頃、傍若無人な従兄弟《いとこ》の下僕《スレイブ》をやっていたせいだよ」

「奴隷《スレイブ》だって？」

ユウリとしては、相手の言いなりだったという意味を強調したつもりで使った単語に、シモンが眉《まゆ》をひそめた。

「いや、別に人格を認められていなかったとか、虐《いじ》められていたとか、そういうひどいものじゃなくて、たんにその人がとても横着で横柄《おうへい》な性格だっただけだと思う」

ユウリは、昔を思い出すように、わずかに目を細めた。

ユウリの母方の実家は、京都に本拠地を置く由緒《ゆいしょ》ある一族の分家筋にあたる。平安《へいあん》の昔から続くその一族は、年に一度、お盆の頃に本家の広大な屋敷に集まり先祖を供養《くよう》する祭事が執り行われるのが慣《なら》わしとなっていて、ユウリも母親に連れられて毎年参加させられていた。

その際、親と一緒に大勢集まってくる子供たちは、兄弟姉妹、従兄弟《いとこ》、はとこの区別なく、離れにひとまとめにされて一週間を過ごすことになるのだが、当然、お風呂《ふろ》に一人で入れることなどない。五、六人がまとめて放《ほう》り込《こ》まれて、てんやわんやの大騒ぎであった。

それはそれで楽しかったのだが、その時ユウリはある事情があって、従兄弟の一人である五歳年上の少年の下僕として、髪を洗ってあげたり背中を流してあげたりしなければならなかったのだ。

「だけど、どうして君が？」

「う……ん。つまりね」

ユウリは言いにくそうに視線を落とした。

「日本でも旧《ふる》い家には、英国《えいこく》のお城なんかに負けず劣らず、いろんなモノが出るんだ。しかもお盆というのは、先祖の霊をわざわざ呼んで迎え入れている時だから、それこそ出るなんて生易しいものじゃなくって、そこらじゅうにうようよしているんだ」

言いながら、うっすらと苦笑する。

「幼心にすごく怖かった。しかも夜になると僕の蒲団《ふとん》の周りに集まってくるし、ひどい時には髪を引っ張られたり、胸の上に乗られたりして……。でも、だからといって、まさか母屋《おもや》の親の所に逃げ込むわけにもいかなくて、結局、悩んだ末に僕が逃げ込んだ先は、その横暴な従兄弟《いとこ》の蒲団《ふとん》だったんだ」

シモンは考えを巡らせた。そして、結論に思い至る。

「その従兄弟は、もしかして、霊能力者だった？」

「大当《ジャックポット》たり」

人差し指を立てたユウリは、懐《なつ》かしそうに微笑《ほほえ》んだ。

「そうなんだ。どうしてか彼の蒲団にだけは、薄気味悪いものが入ってこなかった。だから、あの頃は、半ベソをかきながら逃げ込んでいったっけ。もちろん、彼はそれを承知していたから嫌な顔もせずに避難所を提供してくれたけど、代わりにあれこれと用事を言いつけられて、僕はそれを断れなかった」

「ずいぶんとひどい男だね。それで、君は反抗しなかったんだ？」

憤慨した様子のシモンに、ユウリは不思議そうに首をひねる。

「う……ん、そうだね。まだ小さかったし、それに、その従兄弟のことは、嫌いじゃなかったような気がする。なんだろうね。彼には不思議な魅力があって、そりゃ、まったく反抗心がおきなかったわけではないけど、でもそれ以上に彼のことが好きだったかな。なんだかんだ言って、本当に危ないものからは守ってくれたし……」

「ふうん」

あまり納得がいかないように、シモンが相槌《あいづち》を打つ。

「だけど、今思うと、僕は騙《だま》されていたのかもしれないいんだよね」

「どういうことだい？」

「だって考えてみたら、彼ほどの能力があれば、僕にああいったものを差し向けるのは簡単だったんじゃないかなあ。分からないけど、でもそう考えると辻褄《つじつま》が合うようなことも結構あったりして……。おそらく、僕の能力を鍛えようとしたんだろうけど」

「なるほど」

頷《うなず》きながら、世の中には似たような性格の持ち主がいるものだと、あえて口にせずにある男の顔を思い浮かべていると、同じことを考えたらしいユウリが、「そういえば」と前置きして、まさにその一つ上の上級生の名前を口にした。

「その従兄弟《いとこ》って、ちょっとアシュレイに感じが似ていたな」

自分も考えていたとはいえ聞き捨てならないユウリの台詞《せりふ》に、シモンは黙り込んだ。しかしユウリは、変化したシモンの様子に気づかない。

「内面的なものもそうだけど、見た目も、切れ長の細い目とか笑いを浮かべた口元とか髪の質とか、すごく似ているよ」

シモンは眇《すが》めた目をユウリに向ける。ある考えが、シモンの中に生まれつつあった。同時に、そこに潜む危険に思い至って頭が痛くなる。

　二人の間に、沈黙が落ちた。

「……そういえば、ねえ、シモン」

　相変わらずシモンの様子に気づいていないらしいユウリが、何か気がかりなことがある様子で切り出した。

「さっきエリオットが見せてくれた絵のことなんだけど……」

　しかし、皆まで聞かず、シモンがすっと席を離れた。

「悪いけれど、確信のないことをあれこれ言いたくはないんだ。あの絵に関しては、もっとはっきりしたことが分かってから話すよ」

　珍しく冷然と突き放した言い方に、ユウリは驚いてシモンを見上げた。ここに至ってようやく相手の態度の変化に気づく。

「シモン？」

　不安そうな呼びかけに、いったんは背を向けたシモンが戻ってきてベッドの脇《わき》に立った。

「もう、消灯だよ。今日は疲れているし、こういう日はとっとと寝るに限るからね」

　柔らかで理知的な物言いは、すでにいつものシモンだった。それでも、ユウリは、その言葉の中に、どこか自戒的な響きを感じ取る。

部屋の唯一の明かりであるスタンドに手を伸ばしたシモンは、スイッチを切りながら、「おやすみ《ボン・ニュイ》」と優しく呟《つぶや》いた。

シモンが出ていった後の暗い部屋。ずっと同じ姿勢で座っていたユウリは、言いようのない不安に苛《さいな》まれていた。

空間が揺らぐ幻想。

星月夜の暗い風景が、シュール・レアリスムの奇怪な空間のようにねじくれていくような気がしてならない。

闇《やみ》の底から、何かが現れ出てくるようなこの感じ。

ユウリは身震いして、毛布をめくりあげる。その拍子に、脱ぎ散らかしておいたジーンズが、ばさりと音をたてて床に落ちた。

手探りで拾い上げたジーンズのポケットから、今度は円くてうっすらと光る物が転がり落ちて、座り込んだユウリの膝《ひざ》にぶつかった。

拾い上げてみると、それはメダルだった。

そういえば、と昼間の出来事を思い出す。持ち主を捜そうと思っていたのに、いろいろあったせいですっかり忘れていた。

(そうか。あのまま、持ってきてしまったんだ)

いつの間にか消えてしまったパンと妖精《ようせい》の器。その代わりのように窓辺に置かれてあったメダルである。

(今度行った時に、訊《き》いてみるしかないな)

ユウリは小さくため息をつくと、机の引き出しから寄せ木細工の小物入れを取り出して メダルをしまい込んだ。

引き出しを閉めたところで、ふっと窓を見る。

一瞬だが、誰かに見られているような気がしたのだ。

しかし、そこには生い茂る木々の枝が、黒々とした影を落としているだけだった。

第二章　すれ違う心

1

「フォーダム、ベルジュ」

　午前の授業を終えた二人は、喧騒《けんそう》が響く階段の踊り場に差しかかったところで、三階の手すりから身を乗り出したグレイに呼び止められる。ヴィクトリア寮の寮長であり今期の代表の一人でもあるグレイの背後には、彼と同じようにカラフルな色彩のベストをまとう生徒自治会《スチューデントソサエティ》の代表たちがいるらしい。後ろを向いて一言二言しゃべっていたグレイが、手で上がってくるよう指示した。

「どうして、ああ傲慢《ごうまん》に振る舞えるのだろうね」

　シモンは、方向を転じながら、憐《あわ》れむようなため息とともに言った。もちろん、片手で呼びつけるグレイの傍若無人さを非難してのことである。

上がっていった三階には、すでにグレイしか残っていなかった。グレイは、まずユウリに向かって言う。

「フォーダムは、これをうちの寮の連中に配ってほしい。夏休みの寮日程なので、各階の階代表《ステアマスター》に渡せばいいだろう。頼んだぞ」

念を押されながら、百枚もある紙の束を渡された。シモンが横から手を伸ばそうとしたが、グレイにとどめられた。

「ベルジュは、私と一緒に生徒自治会の執務室まで来てほしい。例の件で話がある」

グレイの申し出を聞いて、シモンはあからさまに嫌な顔をした。

「こちらとしては、もう言うことはありませんが……」

軽くあしらうような物言いに、グレイはじろりとシモンを睨《にら》んだ。

「君の勝手な言い分には、誰一人として納得していないぞ。これは、君だけの問題ではないのだからな」

シモンは、包帯を巻いた右手を挙げて不満の意を示す。

「個人の問題じゃないというのが、そもそもおかしいですね」

さらに言い募ろうとしたシモンの言葉は、別の方向から聞こえてきた品のない野太い声にかき消された。

「こりゃ、いい。噂《うわさ》どおりの内輪もめかね。大いに結構」

現れたのは、アルフレッド寮の寮長であるチャールズ・ハワードだった。くすんだ亜麻色の髪に暗緑色の瞳《ひとみ》が卑屈な光を浮かべている彼は、醜くはない程度に緩んだ太めの体型のせいで、実際ほど上背があるようには見えない。しかし数人の取り巻きをつれて周囲を圧するように歩いてくる様子は、権力者としてそれなりの風格があった。

「お前が、噂《うわさ》のシモン・ド・ベルジュか。なるほど生意気そうな顔をしている」

毒を吐き散らしながらずかずかと歩み寄ってくる相手に、グレイの顔が不快そうに歪《ゆが》んだ。傍《かたわ》らのシモンもひどく冷めた瞳を向ける。

「同性愛者だったヒュー・アダムスやマイケル・サンダースといい、このベルジュといい、ヴィクトリア寮は無法地帯だな。名門グレイ家の指導力も地に落ちたもんだ」

一族の名前をけなされてかっと頰《ほお》に血をのぼらせたグレイを、シモンが片手で押さえた。授業が終わったばかりで下級生も大勢いるこの場所で逆上するのは、グレイにとって不利であることに気づかせる。

その時、階段を下りかけた場所で振り返っていたユウリの背中に、ハワードの肘《ひじ》が勢いよくぶつかった。押されたユウリは、階段の上でよろめいた。両手にプリントの束を抱えていたために足元が見えず、ゆらりとバランスを失う。

「危ない！」

誰かの悲鳴があがった。

グレイに気を取られていたせいでわずかに出遅れたシモンの目の前で、ユウリの身体《からだ》が傾《かし》いでいく。

「ユウリ！」

「フォーダム！」

シモンやグレイの叫びが虚《むな》しく響く中、一瞬、すべてが凍りついたように時を止めた。しん、と静まり返る階段ホール。

次の瞬間、バサバサッと紙束の落ちる音が響いた。ユウリの手から滑り落ちたプリントの束である。

誰もが惨事を予想したが、ユウリは階段から身を乗り出した状態で止まっている。横の廊下から伸びた長い腕が、細い腰を抱え込んでいた。

「間一髪だな。感謝しろよ」

片手に軽々とユウリを抱き取った男は、揶揄《やゆ》するように言った。その声で静止した人々は力を抜いたが、今度は現れた人物に注目した。

長めの青黒髪《ブルネット》を首の後ろで束ね、切れ長の目の奥で青灰色の瞳《ひとみ》が笑っている。ユウリを救ったのは、魔術師の異名をとるコリン・アシュレイであった。他寮の生徒もその正体を知っているらしく、物珍しそうな視線を投げかけている。

ざわめきが広がっていく中、みんなと同じく固まっていたハワードが、大きく息を吐いてから憎々しげに言い放った。

「ぼうっと突っ立ってるから、そうなるんだ。気をつけろ」

その言葉は、言われたユウリ本人よりも、周囲にいた幾人かの人間を激怒させた。掴《つか》みかかろうとしたグレイより早く、シモンがすっと前に出た。物柔らかで優雅な動きに相反して、水色の瞳《ひとみ》は冷たい光を帯びている。その目で威圧するように見下されて、ハワードはたじろいだ。

「恥知らずな。下級生を押しのけてまでして、どうしたいというのです？」

憐《あわ》れむように言われた言葉に、ハワードが怒りで頬《ほお》を火照《ほて》らせた。

「なんだと、貴様。生意気なことを言うんじゃない！　俺が総長になったら、貴様なんか顎《あご》でこき使ってやるからな。楽しみにしていろよ」

子供の喧嘩《けんか》のような売り言葉に、シモンが笑う。

「また、本末転倒なことを……。支持されるからこその指導者であって、お金やうまい餌《えさ》をちらつかせて取った肩書きだけの権力者に、何ができるという気です」

暗黙の了解のうちに行われる裏取引を公然と非難されて、ハワードはわずかにうろたえた。それを隠すように、さらに声を荒らげる。

「黙れ！　いいか、俺の靴を磨くのはお前だ。床に這《は》いつくばわせて磨かせるからな。覚えておけ！」

そんな理不尽な命令に従うようなシモンではないと分かっていながらも、言葉での侮辱に今度はユウリの方が頭にきた。階段にいた人たちに手伝われながらプリントを拾っていたユウリだったが、座ったままハワードを睨《にら》みつける。

と、ふいに人を食った笑いが響いた。アシュレイが、切れ長の目を細めて面白そうにハワードを見ていた。

「そりゃ、名案だ。俺がお願いしたいくらいだね。なあ、ベルジュ。そのうち是非とも、俺の靴も磨いてくれや」

何を言いだすのかと呆《あき》れたように見返したシモンだが、相手の真意を測るように黙っている。こんな時のアシュレイには、何か魂胆があるに決まっているのだ。

「しかし、ハワード。あんたはこんなところでのんびり歓談している場合じゃないんじゃないか？　早く帰って子守りでもしたらどうだ？」

実にさりげない一言だった。そこにいた誰もがただの揶揄《やゆ》としか取らなかった言葉に、ハワードの背筋がピクンとはねた。一瞬にして血の気の失《う》せた顔で、化け物でも見るようにアシュレイを見る。

「おやおや、顔色が悪いな。どうした？」

からかうような口調で言われ、ハワードの目に憎悪《ぞうお》の光が浮かぶ。

「私生児のくせに……。この学校にいられなくしてやるぞ」

歯ぎしりの合間にもれた言葉に、一瞬、周囲からざわめきが遠ざかった。温度が一度ばかり下がったのは、アシュレイの発する冷気のせいだったかもしれない。

「ほう、面白い。俺とお前、どちらが先にこの学校を去るか。せいぜい寝首をかかれないように注意することだな。俺の使い魔は思いつめると何をするかわからない」

そう言って、アシュレイは青灰色の瞳《ひとみ》を光らせた。正視に耐えない冒瀆的《ぼうとくてき》な輝きに、ハワードは心底ぞっとしたように視線をそらせた。小刻みに身体《からだ》が震えている。

「覚えてろ」

力のない捨て台詞《ぜりふ》にハワード自身が舌打ちし、怯《おび》えを気取られまいと大股《おおまた》に歩き去っていった。

その背を一瞥《いちべつ》して、アシュレイはふふんと鼻で笑う。あっけに取られたグレイを通り越し、シモンに目を移す。

「何か言いたそうだな。ベルジュ」

「いえ、別に。ただ買わせるのが上手いと感心していたところです」

「まあ、それもこれも、お前がうだうだしているせいだな。ついでだからお前にも一つ、買ってもらおうか」

アシュレイはシモンを挑発するように言いながら、足元の紙を拾ってユウリが抱えるプリントの束にのせた。それが最後の一枚であることを目で確認して、束ごとユウリの手から奪い取る。慌てたユウリの背中を空いている手で押し出して促すように歩き出した。

「支払いはこいつだ。貰《もら》っていくぞ。ほら、さっさと歩け。昼休みが終わっちまう」

後半はユウリに向けて言い強引に連れ出そうとするアシュレイに、シモンが眉《まゆ》をひそめてあとを追う。しかしすぐにグレイに呼び止められた。

「どこへ行く。話があると言っただろう」

そう言って執務室に向かうグレイの背中を睨《にら》んで、シモンは階下に目を転じた。飄々《ひょうひょう》と先を行くアシュレイの後ろをユウリが何か言いながら追いかけていく。それは、傍目《はため》には仲が良く見える。実際、すれ違う生徒たちが、好奇に満ちた目を二人に向けているほどだ。

シモンは深いため息をついた。いつまでこんな茶番につきあえばいいのか。呆《あき》れたように肩をすくめて、執務室へ向かう。

一方、ユウリは、校舎を出た頃には諦《あきら》めの境地でアシュレイに並んで歩いていた。いったいどういう風の吹き回しなのか。シモンにケンカを売ることだけが目的とも思えない。

煙るような瞳《ひとみ》でじっと見上げていると、アシュレイが横目で見下ろした。

「なんだ？」

「それは、僕の台詞《せりふ》です。何か用があるんでしょ？」

アシュレイが、喉《のど》の奥で楽しそうな笑い声をあげた。

「さすがに、敏感になっているな。もっとはっきり言ったらどうだ？」

「はっきり？」

「生徒自治会の執務室になんの用があったのかって」

　ユウリは首を傾《かし》げた。そういえば、アシュレイが出てきたのは生徒自治会室からだったが、言われるまでは気づきもしなかった。ユウリが不思議そうに訊《き》き直《なお》す。

「なんの用があったんです？」

「――リチャード・エリオットに絵を見せてもらっていた」

　効果を考えて十分に間を取ってから、アシュレイは事実を告げた。

　とたん、ユウリの顔からすっと血の気が引く。

　リチャード・エリオットの絵といえば、あの不安定でぞっとするような絵のことだ。あの絵にアシュレイが興味を持っているということが、さらにユウリを不安にする。

　予想どおりの反応に、アシュレイは満足げだ。細めた目の奥で、青灰色の瞳《ひとみ》が愉快そうに笑う。

「どうして、アシュレイが？」

「どうしてって、言われてもね。呼ばれたんだよ、あの絵に」

「呼ばれた……」

　ユウリは真剣に呟《つぶや》く。関《かか》わりたくないと思う反面、気になって仕方のない絵である。シモンの報告を待とうと思っていたが、こんなところにあの絵と関わりのある人間がいるとは思わなかった。しかも、あの、ア、シ、ュ、レ、イ、だ。

そんなユウリの表情を見ているだけで、心に葛藤《かっとう》が生まれているのが手に取るように分かる。今ユウリを籠絡《ろうらく》するのは、容易《たやす》いだろう。もちろんアシュレイはそのつもりだ。

「なあ、ユウリ」

寮の前まで来て、プリントの束を半分渡してやりながら、アシュレイが空いている手をユウリの頬《ほお》に添えた。軽く上向かせて、漆黒の瞳《ひとみ》を捉《とら》える。

「呼ばれているのは、俺とお前だ。たまには俺と組んでみないか？」

そそのかすような口調に、ユウリは頭がくらくらしてくる。危険と知りつつその誘いにのってしまいそうな自分がいる。

何も考えられなくなったユウリは、アシュレイから目をそらすのが精一杯だった。

2

ヴィクトリア寮、アルフレッド寮、シェークスピア寮、ウェリントン寮、ダーウィン寮と五つある寮《ハウス》は、建物の外観に違いがあるものの構成はほぼ同じである。第一学年《サードフォーム》から第三学年《フィフスフォーム》までが暮らす古い建物を使用した本館と、比較的最近建てられて全室が機能的な一人部屋である第四学年《シックススフォーム》専用の別館に分かれ、その間を渡り廊下がつないでいる。

ただし、本館の最上階には、下級第四学年《ロウアーシックススフォーム》から選出された幹部が、それぞれ個室を与えられて下級生の面倒をみながら生活している。今期のグレイやアシュレイがそれである。

先に第四学年が暮らす別館にプリントを届けてくるというアシュレイと別れ、ユウリは逃げるように自分の部屋に飛び込んだ。

テーブルの上にプリントの束を投げ出して、ソファーに沈み込む。

心が騒いでいた。

(俺と組んでみないか?)

アシュレイの言葉が、蘇《よみがえ》る。

いったいこれから何が起きようとしているのか。自分はアシュレイと組むことになるのだろうか。二人をつなぐエリオットの絵を思い出して、ユウリは軽く身震いする。

思わずそばにあったクッションに顔を埋《うず》めると、かすかに柑橘系《かんきつけい》の香りがした。シモンがよく座る側のクッションであることに気づいて納得する。その移り香をかぐうちに、ユウリはようやく落ち着いてきた。身体《からだ》を起こしてクッションを元の位置に整えながら、同じ香水を買おうかと本気で思う。

ユウリは、部屋に自分たちの学年の分だけのプリントを残して階下へ向かった。途中すれ違った下級生に第一学年《フォースフォーム》の分を預けてから、同じ第三学年の仲間である赤毛のラントンが寝起きしている第二学年の階代表《ステアマスター》の部屋をノックした。

「ラントン、いる？」

誰もいない応接間を横切って寝室のドアも叩《たた》いてみるが、返事はない。時間からして昼食だろう。ユウリは、プリントをテーブルにのせて部屋を出ようとした。

その時――――。

コトンと、どこかで小さな音がした。

ユウリは、振り返って奥に並ぶ扉を見る。右側がラントンの寝室で、左はヒューの寝室だった。今は使われていないヒューの部屋。ラントンが、「開ける気がしない」と、ぼやくのを聞いたことがある。

しかし、今さっきの物音は、左の部屋から聞こえたように思えた。閉ざされた扉をじっと見つめていると、そこに誰かいるような気がしてくる。

　ユウリは、きびすを返して、左側の扉の前に立った。

「ヒュー？」

　いるはずのない人物の名前を呼んで、そっと扉を押す。少しずつ開《ひら》けていく視界。やがて全開した扉の向こうに、ベッドに横たわる人物が見えた。

「ヒュー……」

　窓を向いて寝転ぶ姿に、ユウリは震える声で呼びかける。

「本当に？」

　ゆっくりと近づいていったユウリは、ベッドに手をついて男の顔を覗《のぞ》き込《こ》もうとした。

　瞬間――――。

　腕を摑《つか》まれて、息が止まりそうになる。驚いて見つめていると、寝転んでいた人物が反転した。薄茶のふわふわの前髪の下で、ハシバミ色の瞳《ひとみ》が嬉《うれ》しそうに輝いている。

「おっそいよ、お前。すんごく、腹減ってんだけど？」

　突然、親しげに文句を言われて、ユウリは目を丸くする。やんちゃな少年のような声には聞き覚えがあったが、どこで聞いたのかすぐには思い出せなかった。

「遅いって、君と約束なんてしてないよね？」

　というより、彼は誰だろう。ユウリの戸惑う顔を見て、相手はクスクスと笑いだした。

「分かんないかねえ。まあ、いいけど」

ユウリの腕を放し反動をつけて起き上がった彼は、体重を感じさせない動作ですとんと床に下り立った。

並んで立つと、ユウリとさほど身長は変わらない。小柄で敏捷《びんしょう》そうな体つきである。

どうしてヒューと間違えたのか不思議なくらいだった。

「俺は、ロビン。ロビン・G・フェロウ。転入生だよ」

ロビンと名乗った相手は、にやっと笑って手を差し出した。その手を握り返しながら、ユウリも名乗る。

「僕は、ユウリ・フォーダム。お腹《なか》がすいたって言っていたけど、よかったらこれから食堂に案内するよ」

「そうこなくっちゃ」

嬉《うれ》しそうに笑ったロビンに、ユウリはまたもや既視感《デジャビュ》を覚える。転入生というからには自分が知らなくても当たり前なのだが、ロビンの言葉といい、雰囲気といい、以前どこかで会ったような気がしてならなかった。

食堂に入っていくと、奥の席から同じ学年の仲間であるパスカルやウラジーミルが手を振ってくれた。お盆にサンドイッチやスープをのせて仲間の席に行くと、物珍しそうな顔が一斉に向けられた。

「ラントンから聞いたよ。転入生だって？」

皮肉屋のウラジーミルが、口火を切る。分厚い眼鏡をかけた勤勉家のパスカル、のんびり屋のルパート、と挨拶《あいさつ》を交わしたが、赤毛のラントンだけはチラッとロビンを見ただけだった。

「こいつとは、さっき会ったから」

ユウリが不思議そうな顔をしたので、ロビンがそう説明する。

「なんだ。じゃあ、ラントンに連れてきてもらえばよかったのに」

「冗談言うなよ。それじゃあ、俺が置いてきたみたいじゃないか」

何げなく言った言葉に、ラントンがユウリを睨《にら》みつけた。

「俺が誘ったら、ユウリが迎えに来ることになっているって言ったんだぜ。ユウリこそ、約束したのを忘れてたんじゃないのか？」

約束などした覚えのないユウリは、もの問いたげにロビンを見たが、あえて何も言わずにおいた。

「それはそうと、珍しくシモンは一緒じゃないんだね」

ルパートが、空気を変えるようにのんびりと言った。

「うん。なんかグレイに呼ばれて、執務室に行ったよ」

ユウリの言葉で、仲間内に意味ありげな視線が飛び交った。

「やっぱり、そうか」

「噂は、本当だったんだね」

　腕を組みながら頷くウラジーミルに、ルパートも訳知り顔で考え込む。ユウリ一人が、なんのことか分からない。

「噂？」

「そう。我らがヴィクトリア寮は、シモンが寮長を辞退したという噂で持ちきりなんだけど、そのことで何か聞いてない？」

「寮長を辞退？」

ユウリは、ゆっくりと首を振りながら呟《つぶや》いた。

「何も聞いてないし、そんな素振りすらなかったよ」

その発言に、そばで聞き耳を立てていたらしいほかのグループまでが沸き立った。

「やっぱり嘘《うそ》だって」

「他寮の陰謀じゃないか」

そんな台詞《せりふ》が、食堂内を駆け巡っていく。それほど、シモンの寮長辞退は、寮生たちに深刻な問題を投げかけていたのだ。

学校における生徒たちの生活の基盤はそれぞれの寮にあり、そこでの生活をいかに快適にするかによって、学校生活の価値が決定されるといっても過言ではない。つまり、寮の代弁者たる代表や運営を担《にな》う幹部たちの能力いかんによっては最悪の生活が待っている可能性があるわけで、どんな人物が幹部や代表に選ばれるかは、政治的な駆け引きなどに無縁の生徒たちにも無視できない問題となっていた。

「別にシモンが嫌なら、あえて引き受けることもないがね」

ウラジーミルが、冷静な意見を述べて肩をすくめる。

「そうそう。これじゃあ、シモンが可哀相《かわいそう》だよ。やりたくなくてもやらざるを得ないような状況じゃゃん。確かにシモンが寮長にならないと代表入りの件も怪しくなるし、投票権のある代表が減るのはグレイにとっては痛手かもしれないけど、悪いけど、シモンには関係のないことだからね」

頬杖《ほおづえ》をつきながらサンドイッチを弄《もてあそ》んでいたルパートが、同情するように言った。

ルパートが言っているのは、今、学内で注目されている選挙のことである。

生徒自治会《スチューデントソサエティ》の執行部は、セント・ラファエロにおいて最高権威を保持する機関である。構成人員は、主として、五つある寮の上級第四学年《アッパーシックスフォーム》の代表がそれぞれ二名ずつ、全部で十名。これに下級第四学年の五人の寮長の中から、現行執行部に承認される形で三名の代表が加わり、合計して十三名の生徒が栄《は》えある代表として権力を握るのである。

そしてさらに、全校生徒の頂点ともいえる執行部の取りまとめ役である総長は、上級第四学年の十名の中から投票によって選ばれる。投票権を持つのは、下級第四学年の三名を含む十三名の代表となっている。

　シモンが寮長になれば、ヴィクトリア寮からの代表入りは確実とされている。つまり、総長候補のグレイにとってシモンが寮長になることは、大切な一票を手にするのと同じことだった。

「でもシモンが降りた場合、次の奴はやりにくいだろうね」

　パスカルが言うと、みんながテイラーという英国人《えいこくじん》の青年に視線を移した。角張った顔のわりに目が小さい彼は、笑うと愛嬌《あいきょう》があるが、いったんフィールドに立ったら誰もが恐れるラグビーの名選手である。

「えっ、俺か？」

　視線を集めた自分を指さしたテイラーに、ルパートが言った。

「順番でいくとそうだね。シモンが降りて、ヒューがいなければ、第一学年の階代表である君ってことになる」

「げえ、俺だって降りるよ。ラグビーの方が大事だ」

　テイラーの雄叫《おたけ》びに、ウラジーミルがシニカルな笑いをもらす。

「来期のヴィクトリア寮の幹部は、不安になるほど、みな野心がない」

　かく言うウラジーミルは、成績優秀なパスカルとともに上級監督生に、おっとりしていて面倒見のいいルパートは寮監督生に就任が決定していた。

「だけど、テイラーの降板理由がラグビーだとして、シモンはなんだろう」

パスカルの投げ出した次の疑問に、今度はみんなの視線が一斉にユウリに集まった。ユウリは、驚いてみんなの顔を見返す。

「僕は、知らないよ」

慌てて胸の前で手を振ったユウリに、周囲から口々にため息がもれた。

「やっぱり、これしかないよね」

「そうだろうな。危なっかしくて、目が離せないだろう」

なんとなく雲行きが怪しいとみたユウリに、絡《から》み癖《ぐせ》のあるラントンが爆弾を投げつける。

「冗談じゃないよ。こんな自主性のない日本人《ジャップ》のために、俺たちが不利益をこうむることになるのか？」

「だから、ユウリは混血《ハーフ》であって、日本人《ジャパニーズ》じゃないってば」

ルパートがやんわりといつもの突っ込みを入れる。

「それに決めるのは、あくまでもシモンだよ。テイラーが、ラグビーの方が大事だというのと同じように、シモンだって大事なものを守る権利がある」

妙に真面目《まじめ》な口調でパスカルが言った。眼鏡の奥の瞳《ひとみ》が、気がかりなことでもあるように翳《かげ》っている。しかし、納得がいかないのは、ユウリだった。

「ちょっと、待って。それは変だよ。どうしてシモンが僕のために、寮長を辞退するなんてことがあるの？　大体、僕のためって、何？」

珍しくユウリは憤慨した。みんなの言いようは、まるでシモンがいなければユウリは何もできないような感じである。それが、ユウリには、ショックだったのだ。

「へえ、じゃあ、ユウリには、シモンに頼り切っているっていう自覚も、そのありがたみもないんだ？」

ラントンが、呆《あき》れたと言わんばかりの口調で言う。

「そりゃ、もちろん頼りにしているし、ありがたいとも思っているよ。でも、だからといって……」

「それなら、今週末に提出予定の歴史学のレポートも、一人で準備したんだろうな。週末にシモンと出かけるくらいだからさぞかし余裕があるんだろうとは思っていたけど、どうせ資料作りを手伝ってもらったんだとばかり思っていたよ」

反論しかけていたユウリは、畳みかけるように言われたラントンの嫌みに、蒼白《そうはく》になって固まった。

「歴史学のレポート？」

呆然《ぼうぜん》と反芻《はんすう》するユウリに、ラントンを止めようと思っていた仲間が、目をむいてユウリを凝視した。

「ちょっと、まさか。ユウリ、忘れていたってことはないよね？」

さすがのルパートも、のんびりとした口調に焦《あせ》りの色をにじませた。

ユウリの視線が誰へともなく泳ぐ。

「……忘れてた」

やがて呟《つぶや》かれた言葉に、全員が天を仰いで「オーマイゴッド」と叫んでいた。

3

「資料を探しに行くのかい？」

ユウリは、出ていきかけた戸口の前でぎくりと立ち止まった。シモンから発せられた言葉に、明らかに狼狽《ろうばい》している様子だ。

「な、なんのこと？」

「何って、歴史学のレポートが、まだ終わってないのだろう？」

シモンがさりげなく口にする。パスカル、ルパート、ウラジーミル、果てはテイラーにいたるまで何げなく聞かされたユウリの状況に、さすがのシモンも頭を抱えてしまった。歴史学は違う時間を選択していたので、シモンもそこまでは気が回らなかったのだ。

「僕も探したい本があるから、よかったらついでに資料を探すのも手伝うよ」

ユウリの筆記試験の結果が悪かったことは、シモンも本人から聞いて知っていた。普段の成績がいいので進級のことはそれほど心配していなかったが、ここでレポートを落としてしまったらそれも危なくなる。

シモンの言葉に一瞬不安そうな表情をしたユウリだったが、思い直したように視線を上げてきっぱりと言った。

「ありがとう、シモン。でも大丈夫だから、シモンも自分の仕事に専念していいよ」

手伝うという申し出をあっさり却下されて、シモンは青い瞳《ひとみ》を見開いた。今までのユウリには、あり得ないことである。きびすを返し、さっさと部屋を出ていくユウリの後ろ姿を、シモンは思案顔で見送った。

いったい何があったというのだろうか。

シモンは、椅子《いす》の背にもたれて頭の後ろで手を組む。頭の隅を不敵な笑いを浮かべた青黒髪《ブルネット》の男の顔がよぎった。人を挑発するようにユウリを連れ去ったあの男は、関係しているのだろうか。

(シモンも自分の仕事に専念していいよ)

最後に付け足されたユウリの言葉が、脳裡《のうり》に蘇《よみがえ》る。ふっと、何かを思いついたように身体《からだ》を起こすと、シモンはそのまま部屋を出て級友たちの集まる自習室へ向かった。

一方、大見得を切って部屋を出てきたユウリは、正直、途方にくれて日が傾き始めた校内の道をとぼとぼと歩いていた。

向かっているのは、図書館である。

自習室にも参考文献や資料が山ほど置いてあるとはいえ、そこにいると、どうしても仲間たちの視線が気になってしまう。昼以来、誰も彼もがユウリの様子を窺《うかが》っていた。決して意地の悪い視線ではないのだが、心配そうな顔をされると、あまりにも自分が情けなくなってくる。そこで仕方なく、部屋からは少し遠いが、知った人間に出逢《であ》う確率の少ない図書館で資料を探すことにしたのだが――。

ユウリは、かなり後悔していた。

せっかくああしてシモンが自分から申し出てくれたのだから、その厚意に甘えてもよかったのではないか。自分で本を読み、レポートを書きさえすればいいのだ。そのための相談を友人にして悪いはずがなかった。

それに考えてみれば、シモンにとって文献を見つけるのなんか容易《たやす》いことで、さして面倒でもないのだろう。ただ、昼間の会話で、ユウリが意固地になってしまっただけだ。

ユウリは、我知らず大きなため息をついた。

眼鏡橋を渡ってすぐ左側、葉の生い茂る木々の奥に重厚な造りの図書館はある。石柱に支えられたアーチ形の広い正面玄関やツタの絡《から》まるすすけた壁は、堆積《たいせき》された時の重みをひしひしと感じさせ、知識の殿堂にふさわしい威厳を漂わせている。

ユウリが小道へ入った時、正面玄関からアシュレイが出てきた。さっき別れたままの着崩した制服姿で飄々《ひょうひょう》と階段を下りてくる。

先に姿を見つけたユウリは、その場で足を止める。隠れようかどうしようか迷っているうちに、相手に見つかってしまう。

アシュレイは口元に笑いを浮かべながら近づいてきた。

「よく会う日だな。それとも決心がついて、俺を誘いに来たのか？」

からかうように言ったアシュレイに、ユウリは慌てて首を振る。アシュレイと組む気はないし、それに今はそれどころの話ではない。急いで通り過ぎようとしたら、手首を掴《つか》まれて引き戻された。

「そう慌てなさんな」

アシュレイは言った。

「歴史学のレポートがやばいんだって？」

細めた目で楽しそうに見下ろされ、ユウリは脱力する。

「今ごろ資料探しとは、ずいぶんのんきだな」

「…………」

痛いところをつかれ、恨めしげな表情で黙っていると、アシュレイはわざとらしく周囲を見回した。

「で、あいつは、どうした？」

言われるだろうと思っていたが、やはり言われてしまい、タイミングの悪さに目つきが険悪になる。

「あいつって？」

分かっていてとぼけたユウリに、青灰色の瞳《ひとみ》がますます楽しげに細められる。

「世話役のお貴族サマさ。一緒じゃないのか?」

「シモンのことを言っているのなら、歴史学を選択していないので、関係ないですよ」

努めてさりげなく言ったつもりだったが、やはり拗《す》ねたような声になった。

もちろん、アシュレイは気がついて、人の悪い笑みを深くする。

「だからといって、この状態でお前を放《ほう》っておくとも思えんがね。どうやら、自立宣言も本当だったか」

「誰がそんな……」

思わず訊《き》き返《かえ》していたが、相手は情報源《ニュースソース》をもらすほど愚かではない。喉《のど》の奥でくっくっと笑うアシュレイを一睨《ひとにら》みしてから、ユウリは声もかけずにきびすを返した。

しかし、アシュレイは、なぜかユウリのあとを追ってくる。

「馬鹿だねえ、お前も」

追いついているくせに、わざと背後にぴったりついて歩きながら、アシュレイはユウリに話しかける。

「資料探しくらい手伝わせたって、別になんの支障もないだろうに」

「なんで、ついてくるんです。帰るところだったんでしょ？」

「忘れ物だよ。それより、話を聞けって」

閲覧室の扉を入ったところでたじろいだように足を止めたユウリの肩を、アシュレイが摑《つか》んで振り向かせた。

図書館は、かすかに埃《ほこり》の臭《にお》いがする。

吹き抜けの部屋の壁一面に、隙間《すきま》なく本の背表紙が並ぶ中央閲覧室。圧倒されそうな数の本に囲まれて、スタンドを置いた机が適度に配置されている。時を止めたような静けさに包まれた部屋には、夕食前という時間のせいか、人影はまばらだった。

「あいつの代わりに、俺が手伝ってやろうか？」

囁《ささや》くように言われた言葉が、悪魔の誘惑のようにユウリの鼓膜に甘く響く。

覚悟してきたとはいえ、ユウリはその本の多さに眩暈《めまい》がした。何度も来ている場所なのに、今日ほどその量を実感したことはない。たとえ一日かけたって、これだけの本の中から数冊の本を選び出すなど、ユウリ一人ではできそうになかった。

「俺にまで、意地を張るなよ。俺たちは相棒だろう？」

いつの間にかそういう方向に話が動こうとしている。アシュレイのペースにはまり込みつつあるのに、ユウリにはそれが止められなかった。

「それとも、お目付け役に、俺に近づくなとでも言われたか？」

ユウリは、反論できずに黙り込む。アシュレイに関《かか》わるのを、シモンが快く思っていないのは確かだ。

再び喉《のど》の奥で笑ったアシュレイは、細めた目でユウリを見下ろした。

「なあ、それこそおかしいだろう。自立したいというのなら、自分の付き合う相手は自分で選べばいい。いちいち誰かさんの許可を取る必要はない。違うか？　それに今は時間がないんだろう？」

溺《おぼ》れる者は藁《わら》をも摑《つか》む、と誘うアシュレイに、ユウリは戸惑った目を向ける。アシュレイの言《げん》にも一理あると思ったからだ。

一重の切れ長の目は東洋を思わせるが、鼻梁《びりょう》の高い顔立ちは西洋のもので、そのアンバランスさが奇妙な魅力を引き出している。どこか官能的な香りのする蠱惑的《こわくてき》な男は、豊富な知識で人を翻弄《ほんろう》する。彼に頼れば、間違いなく良質な本を選び出してくれるだろう。信用してはいけないはずの男なのに、引き込まれてしまうのはどうしてなのか。

ユウリの迷いを見抜いて、アシュレイは籠絡《ろうらく》を確信した。

「安心しろ。今回は、純粋に厚意だよ。まあ、俺の価値を分からせるいい機会だ。ありがたさをじっくり味わわせて、夢中にさせてやるさ」

促すように肩を抱かれ、ユウリは反抗しなかった。二人は閲覧室の机に陣取って、さっそく作業を開始する。

アシュレイの売り込みは伊達《だて》ではなく、あっという間に二十冊ほどの本を選んできてユウリの横に積み上げた。そのどれもが読みやすく、付箋《ふせん》の貼《は》ってある箇所をユウリは片端から読んでいく。

静けさの中、ページをめくる音だけが辺りに響く。薄闇《うすやみ》が漂い始めた図書館からは、まばらだった人影もなくなりつつある。一人、また一人と去っていく生徒たち。それでもユウリは机に肘《ひじ》をつき、頬《ほお》にかかる髪を払いのけもせず、ひたすら読《よ》み耽《ふけ》っている。

と、ふいに手元が明るくなった。

ユウリが本から顔を上げると、さらに五冊ほど抱えて戻ってきたアシュレイが、空いている手でスタンドのスイッチを入れたところだった。

「暗い場所で本を読むと、目が悪くなるって教わらなかったか？」

「教わりましたけど……」

ただ、暗くなっていたことに気がつかなかっただけである。ユウリは、集中していたせいで少しかすんで見える目をしばたたいた。

それを横目に、運んできたばかりの本を順番にめくりながら、アシュレイは手早く付箋《ふせん》を貼《は》っていく。どう見ても内容に目を通しているようには思えないのだが、指示された箇所は要点を得ているから不思議だった。

すでにユウリは、この小一時間で五冊以上は読んでいた。おかげで、近代以降、第二次世界大戦が起きるまでの、政治情勢や経済情勢、動力となった文化思想など、一連の事物の流れをスムーズに理解することができてしまった。

「そろそろ、流れは、分かっただろう？」

すべての本をマークしたアシュレイが、訊《き》く。

「まあ、だいたい」

残されたページをパラパラめくりながら応じたユウリに、アシュレイは隣の机から椅子《いす》だけ拝借して座りながら満足そうに頷《うなず》いた。

「あとは、切り口だな。テーマは決めたか？」

「う……ん。やっぱり、ずっと疑問に思っていたことでもあるし、ナチとはなんであったのか、どうしてあんな横暴な政権が、というか独裁者《ヒトラー》が受け入れられたのか、時代背景を軸に考察したいかな」

敬語を抜くほど口調が親しげになっていることに、ユウリ自身は気づいてない。

「まあ、妥当な線ではあるが、もう少し絞り込まないと、歴史学のレポートとしては散漫になる」

「絞り込むって？」

「いいか。ヒトラーは、歴史が生み出した怪物だ。わが国の産業革命以降、人間が陥った精神的迷妄、科学万能主義に支えられた神をも恐れぬ傲慢《ごうまん》さが、ヒトラーという悪魔の申し子を産み落としたといえるだろう。それは、決して一元的な原因、結果で語り尽くせるものじゃない。

それゆえヒトラーを通して時代の狂騒を見る場合、いくつか言われている彼のいびつな特徴の中で、どれか一つに視点を当てて掘り下げたほうが、短い論文では、より効果的に論旨を展開できるってことだ。分かるか？」

ユウリは、感心して頷《うなず》いた。アシュレイの論文が、教授陣に高い評価を受けていることも納得できる。

「で、お前は、ナチの何に一番興味を覚える？　偏執的なまでの芸術への傾倒か、残虐な生体実験を繰り返した肉体美への渇望《かつぼう》か、それとも常軌を逸した……」

アシュレイは、そこで一呼吸置いた。細められた目の奥で、青灰色の瞳《ひとみ》が怪しく光る。

その目に煽《あお》られるように、ユウリは声を合わせて呟《つぶや》いていた。

「――――ユダヤ人虐殺《ホロコースト》」

二人の視線が絡《から》み合《あ》う。

そらさないといけないと思った時には、すでに囚《とら》われていた。蛇に睨《にら》まれた蛙《かえる》のように、ユウリはその場に射すくめられる。

「そうだな、ユダヤ人虐殺。お前は、あの戦争でいったいどれだけの罪のない人間が殺されたと思う？」

ユウリは、相手の顔に視線を釘付《くぎづ》けにしたまま、のろのろと首を横に振る。

「六百万人だ。一つの主要都市を壊滅させても、お釣りがくる。それだけの人間が、戦場でもなく殺し合いの場でもない、隔離されたワルシャワ・ゲットーや悪名高き絶滅収容所

で殺された。ただ、ユダヤ人というだけの理由で――」
アシュレイが立ち上がった。
高い位置から落ちた声に、そのまま地獄まで連れていかれてしまいそうだ。
「無抵抗のまま、虫ケラのように殺された――」
ユウリの耳に、どこからか大勢の人の叫び声が聞こえてきた。
『助けて――』
『神よ、お救いください』
『子供だけは、お願い、助けて』
『悪魔――』
ユウリは、椅子《いす》の背に頭をもたせかけてきつく目をつぶる。
赤ちゃんの泣き声。
女の悲鳴。
もだえ苦しむ人々の絶望。
理不尽に踏みにじられた魂の叫びが、怒濤《どとう》のように押し寄せる。
「……多くの血が流された」
耳元で囁《ささや》くアシュレイの声。
目を開くと、ユウリが座る椅子の肘掛《ひじか》けに手をかけたアシュレイが、身をかがめて覗《のぞ》き込《こ》んでいた。ゆっくりと唇をユウリの眉間《みけん》に落とす。

「聞こえないか、ユウリ」

眉間からこめかみへ。唇を移動させながら、記憶を刻印するようにアシュレイは囁《ささや》き続《つづ》ける。

「大地に染《し》み込《こ》んだ彼らの悲嘆。ヨーロッパ全土に刻まれたユダヤの叫びが、お前の耳にも聞こえているはずだ」

ユウリは耳を塞《ふさ》ごうとしたが、アシュレイはそれを許さなかった。

『助けてくれ……』

『苦しい……』

『熱いよ』

耳に押し寄せる声の渦。魂を根底から揺さぶるような、存在への不信と渇望《かつぼう》。自己顕示する想《おも》いが、一丸となってユウリに襲いかかってきた。

嫌がるように首を振ったユウリの目から、涙がこぼれ落ちる。それを唇でそっと拭《ぬぐ》ってやり、アシュレイはあやすように低く呟《つぶや》いた。

「大丈夫だ、ユウリ。俺がいる。だから逃げるな」

黒絹の髪の手触りを楽しむように、指を絡《から》める。

「お前は、もうあの絵に囚《とら》われている」

「……どうして？」

「ちょっと先回りして調べたのさ。助けてやるって言ったろう？」

思考の麻痺《まひ》したユウリの瞳《ひとみ》が、アシュレイを捉《とら》える。助けてくれる人間はいた。いつもそばにいて守ってくれた。ユウリの中で記憶が混同する。緩慢な動作で手を伸ばしたユウリが、アシュレイに触れようとしたその時――――。

「そこに、誰かいるのか？」

暗闇《くらやみ》に射《さ》す一条の光明のように、理知にあふれた声がした。シモンである。アシュレイが、身体《からだ》を起こして振り返る。相手を認めたシモンが、会いたくないものに会った時の常で眉《まゆ》をひそめた。

「……あなたでしたか。こんなところで、何を？」

「何って、ご覧のとおりさ。監督生として困っている後輩に指導してやってたところだ。文句はなかろう？」

「困っている後輩？」

不審そうに反芻《はんすう》したシモンは、アシュレイが今まで重なっていた場所に見慣れた顔を見いだして絶句する。

「ユウリ――――？」

4

「……ちょっと、席を外していただけませんか？」

長い沈黙の後、シモンが抑揚のない平板な声で言った。アシュレイに向けた言葉であるが、水色の目は一瞬の揺らぎもなくユウリを見ている。

「理由は？」

対照的にアシュレイの声は、明るく弾む。明らかにこの状況を楽しんでいるのだ。シモンが煩《うるさ》そうにちらりと視線を動かすと、高い位置で二人の視線がぶつかった。

「ユウリと二人で話がしたいだけですよ」

当たり前のことのようにそっけなく言うシモンに対し、アシュレイは口元に薄く笑いを浮かべて視線を落とした。

「だ、そうだが？」

確認をユウリに求める。本に囲まれた椅子《いす》の上でぐったりしていたユウリは、現実を上手《うま》く認識できないままおっくうそうに頷《うなず》いた。それを見届けたアシュレイは、ユウリの髪をさらりとかき混ぜてから、きびすを返す。

すれ違うまでの間、挑発するようにシモンを見る。

けれど、シモンの白皙《はくせき》の面にはなんの表情も浮かばなかった。執拗《しつよう》な視線を交わすでもなく、かといって屈するのでもない。暗がりに淡く輝く白金の髪に、神々《こうごう》しいほど澄みきった水色の瞳《ひとみ》。完璧《かんぺき》に整った塑像のような顔を前に向け、シモンは、冒しがたい気品を漂わせて悠然と立ち尽くしている。

知らず、アシュレイは舌打ちする。この先、どれほどの人間が、この恵まれた男の誇り高い自尊心《プライド》を傷つけたいと願うだろう。そんなことを考えながら最後の一瞥《いちべつ》を投げかけて、アシュレイは閲覧室を後にした。

遠ざかっていく足音が完全に消えるまで、シモンとユウリは、どちらも何も言わなかった。

夏の陽《ひ》の残照が、窓辺を赤く燃やしている。

やがて、埃《ほこり》が舞う音まで聞こえてきそうな静けさが辺りを包み込む頃になって、ようやくシモンはユウリに視線を戻した。ユウリの疲れた様子やかすかに残る涙の痕《あと》に、シモンの中で高ぶっていた感情が一気に冷えていく。

「……何があったんだい？」

ユウリは虚《うつ》ろな目でシモンを見た。自分に何が起こったのか、ユウリ自身、よく分からなかった。それでも、シモンの普段と変わらぬ理知的で物柔らかな声を聞いたら、ほっとすると同時に止まりかけていた涙があふれだす。

近寄ってきたシモンは、ユウリの横に片膝《かたひざ》をついた。黒絹の髪にそっと手を差し入れて、俯《うつむ》いた頭を抱き寄せる。

「ユウリ。何があったか話してくれないと、何も対処できない」

しかしシモンの肩に額をつけたまま、ユウリは小さく首を横に振った。

「分からない。本当に何が起きたか、分からないんだ」

身体《からだ》を起こし、間近にシモンの整った顔を見上げる。

「アシュレイに現代史の流れを講義してもらったんだけど、ユダヤ人の話題に触れたとたん、アシュレイの口調が急に熱を帯びて、それに引きずられてしまったみたいだ。それくらいしか、よく覚えていない。ただ、心をえぐられるような心痛が襲って、悲しくて涙が止まらなくなった」

「ユダヤ人？　ナチの虐殺か」

シモンは、何か気になることがあるのか、ちょっと考え込む素振りを見せた。しかしすぐまた話に戻る。

「それで？」

「それだけだよ。本当に」

絵のことや相棒うんぬんの話は、できなかった。言い切るユウリを、疑わしそうな目で見ているシモン。それでもこれ以上尋ねても埒《らち》があかないと思ったらしく、立ち上がって話題を変えた。

「それはそうと、ユウリ。一つ、確認してもいいかな……」

声の調子が微妙に変わったことを敏感に察して、ユウリは位置の高くなったシモンの顔を不安そうに見上げる。

「さっき僕の誘いを断ったのは、アシュレイと約束をしていたからかい？」

「約束？」

シモンが何を言っているのか分からずに、ユウリは戸惑ったように訊《き》き返《かえ》した。

「昼に、午後、彼とここで会う約束をしたのだろう？」

それが、アシュレイに勉強をみてもらっていたことだと分かり、ユウリは「ああ」と言って肩から力を抜いた。

「それは誤解だよ、シモン。ただの偶然なんだ。図書館の前でばったり会って、最初は見つからないようにしようと思ったのだけど、向こうから勉強をみてくれると言ってきたんだ。誰に聞いたのか知らないけど、僕が歴史学のレポートでてんやわんやしているのを知っていたから、親切心で……」

「親切心か」

シモンが、組んでいた腕をといて、降参するように両手を上に向けた。

「それでどうして、君が泣くことになるのやら。だいたい、僕は駄目でアシュレイのサポートなら受ける気になるというのも、よく分からない。僕に対して大丈夫だからと言ったのは、てっきり君一人でやってみるからということかと思っていたのに、そういうわけではなかったんだね」

もちろんそのつもりでいたのだが、つい甘えが出てしまったのだ。

「……でもほら、アシュレイは、あれで一応、監督生だし」

下級生の面倒をみる義務があると、苦し紛れに思ってもみなかった言い訳を口にしたユウリに、シモンが平然と切り返す。

「それを言うなら、僕だって階代表《ステアマスター》としての義務があるよ」

「そりゃそうだけど、シモンはこれから忙しくなるし、僕の面倒だけをみているわけにもいかなくなるから、そのつもりでいようとして……」

シモンが、すっと包帯の巻かれた手を挙げてユウリを制した。さらにその手で額に落ちる髪をかきあげながら、真意を測るように澄んだ水色の瞳《ひとみ》でじっとユウリを見つめる。

「君が何を言っているのか、分からないな」

「嘘《うそ》つき。分かっているくせに」

間髪入れずに言い返されて、シモンは肩をすくめる。

「そうだね《ジュ・クロワ・ウイ》。謝るよ《パルドン》。たんに分かりたくなかっただけだろうね。君が言っているのは、僕が寮長になった時の話だろう?」

「そう。みんな、シモンが辞退するんじゃないかって、とても心配して――」

「辞退したよ」

ユウリの言葉の途中で、シモンがあっさり宣言する。

「えっ？」

「悪いけど、寮長はやらない」

「どうして？」

「どうして、と言われてもねえ」

シモンは、ちらりとユウリを一瞥《いちべつ》してから、さっきまでアシュレイが座っていた椅子《いす》にすとんと腰をおろした。足を組んで肘《ひじ》掛《か》けに頬杖《ほおづえ》をつく。

「理由が必要かい？」

「当たり前だよ。みんな、どれほどがっかりするか……」

「そうかな。パスカルも、ウラジーミルも、すんなり納得していたけど」

シモンの呟《つぶや》きに、ユウリは大きく首を振った。彼らは例外だという主張である。

「みんな、シモンに期待している。理由がなければ、納得しないよ」

(こんな自主性のない日本人のために、俺たちが不利益をこうむるのか？)

見くだすように言われたラントンの言葉が、頭に蘇《よみがえ》る。本当に、自分はそこまでシモンのお荷物になっているのだろうか。考えもしなかった事実に、ユウリは当惑している。

「納得してないのは、君だろう、ユウリ」

「それは……」

的を射た指摘に口ごもったユウリへ、シモンは畳みかけるように尋ねる。

「さっきの口ぶりだと、君が僕と距離をおこうと思ったのは、寮長の仕事で忙しくなる僕を慮《おもんぱか》ってのことだったように思うのだけど、それなら、僕が寮長を辞退することで解決する問題だよね。それのどこが納得いかないのか教えてほしいよ」

「もちろん、僕だってシモンといられるのは嬉《うれ》しいよ。だけど、そう思っているのは、僕だけじゃない。ほかの人だってシモンを頼りたいと思っているのに、僕がいるせいでその恩恵にあずかれないというのは、不公平だと思わない？」

「恩恵？」

ずいぶんな言われ方だな、と呟《つぶや》いたシモンは、珍しくシニカルな笑みを浮かべた。

「どうやら、ラントンの言ったことを気にしているみたいだね」

食堂での一件を、誰かが話したのだろう。

「別に、どう思われようと気にしなければいいのに。よしんば、ラントンの言うことが本当だとして、それがなんだというのだい？　僕にとって優先すべき事柄は、僕自身が決めるし、そのことでとやかく言われる筋合いはない」

「それは、シモンはそうだろうけど……」

お荷物扱いされているのは、ユウリなのだ。シモンには、一生かけても理解できないだろう。いや、理解できなくて当然だ。あくまでも、ユウリの劣等感が問題なのだ。それが分かっていながら、なぜかユウリは素直になれない。どうしてか、こんな時にアシュレイの顔が思い浮かんだ。

「シモンの考えでいくなら、僕だって自分が付き合う人間は、自分で選ぶべきだということになるよね」

シモンは、すっと目を細め、奇妙なものを見るようにユウリを見た。そこに嫌いな食べ物でも見つけたように眉《まゆ》をひそめる。

「それは、ユウリの言葉じゃないね。アシュレイに吹き込まれたんだろう？」

「そうかもね。でも、別にいいじゃないか。少なくともアシュレイは、僕にシモンと付き合うなとは言わないから」

「当たり前だよ」

シモンは、呆《あき》れたような口調で言下に言う。表情には怒りの色すらあった。

「持つ者と持たざる者の違いだからね。いや、アシュレイなら、奪う者と奪われる者の違いとさえ言える。どうせ、君の行動は、僕によって制御されているようなことを言われたのだろう。自立するというのは、自分で自分の行動を決めることだとか説得されてね。まったく、彼らしい詐術によく騙《だま》されてくれるものだよ」

手の先を振って、シモンが愚かしさを払いのけるような真似《まね》をした。

「いいかい、ユウリ。よく考えてみてくれないか。僕は、君の親しい友人として君のそばにいた三年間を軽んじるつもりは毛頭ない。つまり誰に憚《はばか》ることなく君の理解者であると主張できる立場にあると自負している。そして、アシュレイのことは、その立場をもって、君に忠告をしているつもりだ。もちろん、君の方も僕を軽んじていないと信じているからこそね。けれど、僕は一度たりとも、アシュレイのことで君を縛りつけたつもりはないよ。確かに、誰と付き合おうが、君の勝手だからね」

突き放すように最後の言葉を言ってから、シモンは声を低くして言い添えた。

「ただ、これだけ言っておく。アシュレイは、略奪者だよ。僕にとってはもちろんのこと、恐らく君にとってもね」

気まずい雰囲気の中、シモンが礼儀正しく夕食に誘ってくれたのを断って、ユウリは一人で部屋に戻った。

嫌な気分だった。どうしてシモンにあんなことを言ってしまったのか、ユウリにもよく分からない。ただ、今となっては、後悔の念にかられるばかりだ。シモンを本気で怒らせたかもしれない。そう思うだけで苦しくて、吐き気がした。

力なくベッドに横になったユウリは、そのままうたた寝をしてしまったようだ。

夢を見た。

汽車の警笛。
車輪のすれあう重く悲しげな音。
暗く狭い室内に、大勢の人間がひしめき合っている。
薄衣《うすぎぬ》一枚のみすぼらしい姿。
人々は座ることも許されず立ち尽くす。
寒い。
寒い。
寒い。
そこは、やけに寒かった。
しかし、震えているのは、決して寒さのせいだけではない。
これから起こること。
行き着く先への恐怖。
沈んだ空気に、赤ちゃんの泣き声が響いてくる。
……私の、赤ちゃんはどこ？
暗い室内に、身を寄せ合うように大勢の人間が詰め込まれている。
わずかに開いた窓から、重たい雲が見えた。

うずたかく積まれたガラクタが、やけに寂しげに映っていた。

やがて、ガスのもれる耳障《みみざわ》りな音。

逃げ惑うこともできない狭い空間に、人々の阿鼻叫喚《あびきようかん》が木霊《こだま》する。

そして、ふいに気がついた。

あれは、ガラクタなんかじゃなく、人間の死体。

山と積まれた、うち捨てられた人間の亡骸《なきがら》だった――。


揺り動かされて、ユウリは、はっと目を覚ました。額を嫌な汗が流れて落ちる。

冷たい恐怖が背筋を這《は》い上《のぼ》る。夏だというのに、ひどく身体《からだ》が冷えていた。

(今のは、何?)

仰向けに反転したら、覗《のぞ》き込《こ》んでいる人影に会ってぎくりとする。のろのろと
「……誰?」

部屋の明かりが逆光となって、相手の顔が見えない。しかし、すぐにトーンの高いおどけた声が落ちてきた。

「腹減ったぁ。待ってたのに、お前、来ないんだもん」

そこにいたのは、転入生のロビンだった。邪気のない笑顔で言われ、ユウリは考えるよ

り先に謝っていた。

「ごめん」

それから、どうして自分を待っていたのかと首を傾《かし》げる。

「ラントンたちと行けばよかったのに……」

「だって、お前がいなきゃ、食えないだろう？」

意味の通らない理由を述べたロビンに、ユウリは首の傾きが深くなる。それでも、ロビンの存在で部屋の温度が上がった気がして、ユウリはちょっとほっとした。

ロビンと二人、給湯室からもらってきたお湯でインスタントのうどんを作って食べているると、ドアの外でシモンの帰ってきた音がした。しかしいつもなら様子をみに寄るはずのシモンは、そのまま自分の部屋に行ってしまったようだ。

ユウリは、喧嘩《けんか》したことを思い出して、沈み込む。

「なに、喧嘩？」

ロビンが、うどんをつるつると飲み込みながら、訊《き》いた。

「う……ん。喧嘩というか、僕が一方的にシモンを怒らせたんだと思う」

「ふうん。何かと面倒くさいんだな、人間って」

「人間って、君だって……」

おかしなことを言うロビンにユウリは反論しかけて、言葉を止めた。何食わぬ顔で汁を飲むロビンをじっと見つめる。

「ごちそうさま！」

お箸《はし》を置いたロビンは、煙るような漆黒の瞳《ひとみ》が訝《いぶか》しげに自分を見つめているのに気がついて、ハシバミ色の瞳を光らせながら猫のような笑いを浮かべた。

5

寝静まったアルフレッド寮の廊下を、ゆっくり歩く人影があった。

行っては少し戻り、ドアの前で立ち止まっては、手に持ったペンライトで何かを確認していく。分かれ道では方向を決めかね、まごつく足取りが中央の階段を上る。

星月夜。

常夜灯も届かない暗がりの中では、顔の判別は難しいが、どうやら女のようである。手に大きな荷物を抱えて、不審な動きを繰り返す。しかし、やがて最上階の一つのドアを見つけると、彼女はそっと押し開けて入っていった。

人影を呑《の》み込《こ》んで閉じられたドアには、アルフレッド寮の寮長であるチャールズ・ハワードの名前があった。

そして、明け方。まだ黎明《れいめい》の紺青《こんじょう》が霧のかかった木立を包み込んでいる頃、アルフレッド寮のどこかで、赤ちゃんの泣き声が聞こえていた。

知らず夢の彼方《かなた》に漂う者。夢うつつにその声を聞いた者。開かぬ目で時計を確認した者。不審そうに枕《まくら》の上で頭をもたげた者。

後になって噂《うわさ》を総合した時、その反応はさまざまであったらしいが、少なくともこの朝は誰一人、事の真相を究明しようと動きだした者はなかった。

たった一人の例外を除いては――。

アルフレッド寮の寮長であるチャールズ・ハワードは、居間のテーブルの上に置き捨てられたモノに、目をむいたまま呆然《ぼうぜん》と立ち尽くしていた。泣き声をとどめるだけの考えも起こらない。状況を理解するまでに、ひどく時間を浪費してしまった。

目の前に置かれた籐《とう》のかご。

そこには、生まれたての赤ちゃんが、真っ赤な顔をして手足をばたつかせているのだ。

（どうして、こんなことが――？）

悪夢を見ているような気がして、冷や汗が背中を落ちていく。

かなりの時間が経《た》ち、気づいた時には、赤ちゃんの泣き声はピークに達していた。慌てて毛布で口を塞《ふさ》ぎ、声がもれるのを必死で抑える。そうしているうちにも、臓腑《ぞうふ》が抜けるような焦《あせ》りと、脳を焼き尽くすような怒りが込み上げてくる。

明らかに、ハワードには、こんなことをする人間に心当たりがあったのだ。歯ぎしりしながら、その人物の顔を思い描く。

その時――。

遠くで人の起きだす気配がした。

ハワードは、壁にかけられた時計に目をやって、愕然《がくぜん》とする。やがて、起床の時間がやってくる。

ここに至って、自分の置かれた状況がどれほど危険なものであるかを理解した。

(なんてことだ!)

舌打ちしたハワードは、かごを抱えて寝室に駆け込んだ。戸棚からあらゆるものを引っかき出して、そこに赤ちゃんごと放《ほう》り込《こ》む。そばに置かれたミルクの壜《びん》を赤ちゃんの口に突っ込んで、彼は勢いよく戸棚の扉を閉め切った。

遠ざかった泣き声に、ホッと息をつき、彼は急いで部屋を後にした。

第三章　策謀

1

(ロビン……。ロビン・G・フェロウ)

手の甲でシャーペンをくるくる回しながら、ユウリはぼんやりと考えていた。

(彼は、いったい何者だろう……)

そう思うと同時に、ユウリは彼を知っているという確信があった。絶対にどこかで会っているはずなのだが思い出せない。

はあ、と深いため息が、ユウリの口からもれる。

「ユウリ。何か分からないことでも?」

優しく訊《き》かれて、ユウリは、はっと振り返った。なんとなく一人でいる気になれず自習室で勉強をしていたユウリは、そこに頼もしい友人の姿を期待したが、「さっきから手が止まっているよ」と心配そうに覗《のぞ》き込《こ》んでいたのは、数いる監督生の一人だった。

落胆を隠せなかったユウリに、ひかえめな監督生は、小さく笑って言い添えた。

「何かあったら、声をかけてくれるといい」

人柄を感じさせる言葉に、ユウリは丁寧に礼を言って上級生を見送った。十分に距離が開いてから、もう一度こっそりとため息をつく。

シモンとは、朝から一言も話していない。起きた時にはもう部屋にいなかったし、朝食の席でも見かけなかった。いったいどこで何をしているのやら。

嫌われて、口もききたくないし顔も見たくないと思われているのかもしれない。そう考えると泣きたくなってくる。

「ユウリ、手が止まっているじゃないか」

スラブ系で色素の薄いウラジーミルが、背後からユウリを覗き込んだ。パスカルと並んで優秀なウラジーミルは、理系に強いパスカルに対し、歴史や芸術方面で好成績を収めている。頼めば的確なアドバイスをくれるだろうが、ユウリの手が止まっていたのは、よけいなことを考えていただけだった。

「ごめん。大丈夫。ちょっと集中力が欠けているみたいだ」

椅子《いす》の中でユウリは小さく伸びをした。

「少し休憩するといい。そのほうが効率的だよ」

頷《うなず》いたユウリは、ウラジーミルに促されて向かいにある談話室に移動した。

「あ、ユウリ。休憩？」

すでに談話室の中央に陣取っていたルパートやラントン、テイラーが、手を振って迎えてくれた。ルパートがジュースのパックを差し出して言う。

「オレンジジュースだけど、飲む？」

ユウリが頷くと、まだ腰をおろしていなかったウラジーミルが、カップを持ってきて中身を注《つ》ぎ分《わ》ける。

「今日、シモンを見た？」

落ち着いた頃を見計らって、ユウリは気になっていたことを口にする。

「ちょっと前までここにいたよ。総長のエリオットに呼ばれてどこかに行ってしまったけど」

のんびりと応じたのは、ルパート。

「エリオットと？」

その名前に引っかかったユウリの横から、スポーツマンのテイラーが興味深そうに口をはさむ。

「それって、やっぱり寮長の件かな」

自分にお鉢が回ってきそうなだけに、テイラーはそのことがどうにも気にかかるようだ。

「その可能性はあるな。グレイだけでなく、現行幹部も諦《あきら》めてないらしくて、シモンは朝から逃げ回っているから」

答えたウラジーミルに、ルパートがのんきに言った。

「でも、様子がちょっと違ったなあ。エリオットの個人的な相談のように見えたよ。それでシモンもおとなしく従ったみたいだから」

ユウリは、人差し指を唇に当てた。エリオットの個人的な相談という言葉は、ユウリに日曜日のことを思い出させる。

(シモンは、あの絵にまだ関《かか》わっているのだろうか？)

危険なほど不安定な空気を撒《ま》き散《ち》らしていた絵。描かれた母親の睨《にら》むような眼差《まなざ》しが、眼前にまざまざと蘇《よみがえ》ってくるようだ。彼女の怒りと絶望的な悲しみが、ユウリの心まで不安定にする。

そしてアシュレイだ。彼は、どう関係があるのだろうか。少なくともあの絵の危険性を認知しているのは、自分以外では彼だけだ。

(アシュレイ、か)

ユウリの脳裡《のうり》で、違う光景が交錯した。

薄暗く狭い場所にひしめき合う人。寒々とした光景に、誰かの声が響いてくる。

『私の赤ちゃん……』

あれは、アシュレイの引き起こした幻影なのか。それとも――。

「これは、噂《うわさ》だけど……」

ふいに耳に飛び込んだ声に、ユウリは夢想から引きずり出された。

大声を出したのは、テイラーだ。言ってから、気づいたように声をひそめた。

「昨晩、誰かが本館の執務室に忍び込んだらしいって」

耳新しい話に、みんながわずかに身体《からだ》を起こした。

「何それ。何か盗まれたのか?」

「そこまでは聞いてないけど、どうやら荒らされていたらしいよ。シモンが呼ばれたのもそのせいじゃないのか?」

「まさか。しつこい寮長勧誘に切れたシモンがやったとでも?」

素《す》っ頓狂《とんきょう》な声をあげたラントンを、ウラジーミルが睨《ね》めつけた。

「馬鹿なことを。相談だろう」

「それは、アルフレッド寮の怪異とは別なのかな?」

のんびりとした口調とは合わないおどろおどろしい話を、ルパートがする。

「真夜中に足を引きずるような音が廊下に響いて、明け方、絞め殺されているような赤ちゃんの泣き声がしたっていう」

「おいおい、聞いてないぞ」

そのまま話が盛り上がりそうになったので、ユウリは急いで席を立つ。

「ごめん。僕はそろそろ自習室に戻るよ。ジュース、ごちそうさま」

ちょっと話の腰を折る形になったが、ユウリの状況を知っている彼らは口々に激励してくれた。

談話室から戻り本を広げたままの席に座りながら、ユウリはテイラーの話してくれた執務室のことを考えていた。

(あの部屋に例の絵がまだあるとしたら、荒らされていたというのもあるいは――――)

しかし、それよりも今はレポートである。思い直して、ユウリはシャーペンを取り上げた。アシュレイの指導のおかげで、章立てもすみ、すでに本文に取りかかっている。順調に進めば、明日にでも書き終わるだろう。

ようやく気合いの入ったユウリを、通りかかったシモンが足を止めてドアの外から見ていた。

「見ているくらいなら、そばに行ってあげたらいいのに……」

一緒に歩いていたパスカルが、振り返って言う。

「朝から目でシモンを捜していたみたいだし、喜ぶと思うよ」

シモンは、ちょっと嬉《うれ》しそうに口元をほころばせてから、首を振った。

「今は集中しているようだし、やめておくよ」

肩をすくめるシモンに、分厚い眼鏡の奥でパスカルの瞳《ひとみ》が困惑に揺れた。

「まさか、喧嘩《けんか》じゃないよね？」

「別にそういうわけではないけど……」

いったんは否定したシモンが、もう一度ユウリの背中に視線を投げて、ため息をついた。

「やっぱり、そうなるのかな」

苦々しく肯定したシモンに、パスカルがフランス語に切り替えて話しかけた。

「フランス語《パルロン・アン・フランセ》で話そうよ」

「いいよ《ビアン・シュール》」

シモンが応じたので、二人は四階へと続く人通りの少ない踊り場の窓に寄りながら、流暢《りゅうちょう》な母国語で話し始めた。階下を通る生徒がギョッとしたように目を上げ、そこに高名な二人のフランス人の姿を認めて納得しながら通り過ぎていく。

〝ユウリに聞いたけど、あの資料はアシュレイが用意したんだって？〟

〝ああ〟

シモンは、不味《まず》いものを口にした時のように顔をしかめて続けた。

〝あれは、嫌みなくらい完璧《かんぺき》だね。よくもまあ、短時間であれだけのものを見つけ出してくるものだと感心せざるを得ない〟

〝ウラジーミルもそんなことをちらっと言っていたけど、シモンですらそう思うなら、そうなんだろうね。それで〟

パスカルが分厚い眼鏡を押し上げながら、おずおずと切り出した。

〝喧嘩《けんか》の原因はそれ？ ユウリがアシュレイの手を借りたことが嫌で、ユウリのそばを離れたの？〟

〝どうかな。たんにアシュレイの毒が疎《うと》ましいだけのようにも思うし〟

珍しく投げやりなシモンの口調に、眼鏡の奥のつぶらな瞳《ひとみ》が憂慮を浮かべた。

〝それは、分かるよ。僕たちだってアシュレイの毒に当てられるのが恐《こわ》くて、関《かか》わらないようにしているから。でも、シモンまで逃げてしまったら、ユウリはどうなってしまうんだろう〟

パスカルの言葉に、シモンはちょっと笑った。

〝なぜだい。ユウリだって、毒に当てられる前に逃げればすむことだよ〟

〝でも、アシュレイは、ユウリに対して毒を吐いていないよね。むしろひどく甘い汁を吸わせようとしている。自分の虜《とりこ》にするために……。知っていると思うけど、ああ見えてもアシュレイの人気は高い。みんな芯《しん》からあの男にのぼせているんだ。本当は恐れている人間でも、心のどこかで惹《ひ》かれていたりもする。そういう意味で、あの男はまさに悪魔のよ

うな人間だよ〃

午後の陽《ひ》が、窓辺の二人を照らしている。フランス語が流れるだけで、暗く湿っぽい学校の階段がパリの街角のように華やぐから不思議だ。噂《うわさ》を聞いた下級生がわざわざ見物に来るらしく、立ち聞きするほどぶしつけな人間もいないが、通りすがりに憧《あこが》れの眼差《まなざ》しを投げ上げる中で、シモンは聡明《そうめい》な水色の瞳《ひとみ》に物憂《ものう》い光を浮かべてパスカルの話に耳を傾けていた。

〃僕は、アシュレイの接近が、不安でならない。ユウリには、もともとどこか危ういところが潜んでいるように思うのだけど、アシュレイのそばにいる時のユウリには、それが顕著になる気がするんだ。あの二人は、惹《ひ》かれ合《あ》うかもしれない。少なくともアシュレイは、すぐにも全力でユウリを手に入れようとする気がする。今のユウリには、その力に抗《あらが》うだけの強さはない。誰か、アシュレイに立ち向かえるだけの人間が、守ってやらなくちゃ〃

すがるような視線を感じて、シモンはちょっと苦笑した。窓の外に目をやって少し考えていたが、遠くを見たまま話しだした。

〃正直、今の僕には、何がユウリにとっていいことなのか分からないな。ただ、パスカルの言ったことは、肝に銘じておくよ〃

2

レポートが一段落したユウリは、お茶の時間まで気晴らしをかねて散歩に出ることにした。あまり人の来ない西側の雑木林を選んで、足を向ける。ブナやカシ、イチイ、ポプラと立ち並ぶ下には、ヒースなどの灌木《かんぼく》が色鮮やかに生い茂る。

時々飛んでくるミツバチの羽音。遠くに聞こえる鳥の声。心地よい風にも恵まれて、すべてがのどかな夏の午後を彩《いろど》っていた。

寮を出た時は、どうやったらシモンと仲直りできるかと悩んでいたユウリだったが、大自然の恵みを受けるうちに心にゆとりが生まれてくる。

公平で寛大なシモンのことだ。きちんと謝って話をすれば、きっと許してくれる。そんな能天気な気分でいると、突然、頭上で声がした。

びっくりして立ち止まったユウリの耳に、再びはっきりと声が届いた。

舌打ちに続いて、「嫌になる」と言った声は、自分の耳を疑うほど高く澄んでいる。まるで女の子のようにきれいな声だ。

ユウリは、声のした方へ恐る恐る近づいていった。ひときわ太いごつごつしたカシの木の下から、枝が折り重なる上を見る。

と、タイミングを同じくしてガサガサと枝が鳴り、黒い塊が勢いよく下に飛び下りてきた。

「うわああ」

「きゃっ」

ユウリと相手の声が交錯する。

ユウリの顔より数センチ先に飛び下りた人影は、甲高い悲鳴をあげながらバランスを崩してその場に倒れ込んだ。心臓が止まりかけたユウリは、呆然《ぼうぜん》と立ち尽くして目の前の人物を見つめる。

「痛あい」

すりむいた肘《ひじ》や地面についた手を擦《さす》りながら、尻餅《しりもち》をついたまま相手が唸《うな》る。

燦然《さんぜん》と輝く金色の髪。好奇心旺盛《おうせい》な輝きを帯びた緑色の目。セント・ラファエロの制服に身を包んでいるので、どこかで見たことのある容貌《ようぼう》の人物が誰であるか、ユウリはすぐには分からなかった。

ようやく落ち着いた相手が、美しい瞳《ひとみ》を大きく見開いて自分の名前を呼んだ瞬間にも、ユウリはぽかんと見返すだけだった。

「ユウリ？」

「君……」

誰かと問うつもりで開いた口が、ひらめいた名前に困惑して一度閉ざされる。じっくり相手の顔を観察してから、問い直す。

「君、リズだよね？」

訊《き》いてから、今度は身を包む制服を観察する。見間違いでもなんでもない。ユウリが着ているのと同じ、セント・ラファエロの制服であった。

ユウリは、混乱した。

リズ。正式な名前をエリザベスという彼女は、先日、シモンと一緒に訪れた孤児院に暮らす同年代の女の子だ。

問われたリズは、ちょっと舌を出して失敗を肯定する表情をするが、すぐに笑顔を浮かべて言った。

「すごい、ラッキー。こんなところでユウリに会えるなんて」

助け起こすことすら忘れていたユウリの前で、リズは元気よく立ち上がる。

「ラッキーって、君、ここで何をやっているの？」

むしろ、ユウリの方がおろおろと慌てている。

「ちょっとね、敵陣視察」

悪戯《いたずら》っ子《こ》のように言ってウインクするリズに、ユウリの顔が赤らんだ。

「敵陣？」

ごまかすように訊《き》き返《かえ》したユウリを面白そうに見ていたリズが、質問には応じず、婀娜《あだ》に笑いかける。

「ユウリに会いたかったな」

近づいてきたリズは、男っぽい仕草で両手をユウリの肩にのせる。接近した顔がそのままユウリに重なり、唇に軽くキスされる。

驚きに目を見開くユウリ。

しかしリズは悪びれた様子もなく、キスし終わったユウリの唇を指で軽く叩《たた》いた。

「口止め料よ。ここで会ったことは、誰にも内緒。もちろん、麗《うるわ》しき王子様にも秘密にしてね」

それだけ言ってあっさり身を翻《ひるがえ》したリズが、二、三歩行きかけて振り返った。

「そうだ。明日もここで会おうよ、ユウリ。その時、もしかしたら、ちょっと相談があるかもしれない」

輝くような笑顔で言われて、ユウリは断れなかった。呆然《ぼうぜん》としたまま機械的に頷《うなず》いたユウリに、リズは嬉《うれ》しそうに微笑《ほほえ》んだ。回れ右をして、今度は振り返らずに駆けていく。

一人残されたユウリは、風に吹かれてその場に佇《たたず》んでいた。唇に残る感触が、ユウリの全身に広がっていく。

（キスしてしまった……）

回転しない頭で考えてから、訂正する。

(違う、されてしまったのか)

正直に言って、複雑な気分だった。リズは魅力的な女の子である。容姿もきれいだし、快活で性格もいい。おそらく自分にとって、今は一番気になる異性だ。しかし、なにぶん、行動が大胆で男っぽいリズのこと。もちろん、それが魅力の一部なのだが、セント・ラファエロの制服姿でいると、本当に男の子であるような錯覚を起こす。そのリズに、唇を奪われる形になって、ユウリは喜んでいいのか悲しんでいいのか、さっぱり分からなかった。

とはいえ――――。

(キスしたんだよね)

奥手のユウリにとっては初めての経験だ。遅まきながら火照《ほて》るように熱くなってきた顔を、ユウリはそっと手でこすった。

と、その時。

「ずいぶんと嬉《うれ》しそうな反応をするんだね」

誰もいないと思っていた場所でふいに声をかけられたユウリは、文字どおり跳び上がって驚く。早鐘を打つ心臓を押さえながら周囲を見回すと、少し離れたところでポプラの木に背を預けたシモンが、腕を組んでユウリを見ていた。

「シモン……。いつからそこに？」

しどろもどろの質問には答えずゆっくりと歩み寄ってきたシモンは、ユウリの頬《ほお》に手を添えて上向かせると、見透かすように瞳《ひとみ》を覗《のぞ》き込《こ》んだ。

「男とのラブシーンか。これもアシュレイのおかげかい？」

シモンの脳裡《のうり》には、図書館での光景が蘇《よみがえ》っていた。あれも見ようによっては、そういう状態にあったと考えられるのだ。

ユウリは、瞠目《どうもく》してシモンの顔を見つめた。どうやら、恐ろしい誤解が生じていると知り、ユウリは大きく頭《かぶり》を振った。

「シモン、違う、大きな誤解。男となんかキスしてないって」

言ってしまってから、失言に気づく。リズに、誰にも言わないと約束したばかりだが、この後に続くであろうシモンの追及を逃れる自信はなかった。

「男となんかって」

ちょっと気勢をそがれたように、シモンが表情を変える。ユウリの頬から手を放し、午後の陽射《ひざ》しに淡く輝く前髪をかきあげたシモンは、去っていった人物を思い描くように彼方《かなた》を見つめた。

「遠目で顔は分からなかったけど、制服を着ていたよね。あれが男じゃないとしたら、いったい——」

ユウリは、あえて追及を逃れる必要はなかった。いったい短時間でどれだけの推理をするのか知らないが、次の一言で、シモンはもう解答を導き出していたからだ。

「あれは、リズか」

ユウリは、目を覆う。否定を受け付けない確信に、ユウリとしてはごまかしようがなかった。

「……どうして分かったの？」

「別に」

困ったように下から見上げてくるユウリに、シモンはそっけなく答えた。

「背格好が似ていると思っていたからね。あの金色の髪も目印になるし、制服を作るのにメアリーという手先が器用な友人もいる。……それにしても、大胆なことをするな」

「そうだよねえ」

思わず同調したユウリを、シモンは呆《あき》れた表情で見下ろした。

「僕が言っているのは、君のことだよ、ユウリ。逢《あ》い引《び》きするなら、もっと慎《つつ》ましくしたほうが身のためだと思うけど？」

どこか冷たさが残る口調に、ユウリはしゅんとして俯《うつむ》いた。

「別に逢い引きしていたわけじゃないよ。彼女と会ったのは、事故みたいなものだから」

そう言いながら、今さら隠しても無駄なので、ここであった出来事を説明する。

「へえ。それなら、ハワードに会いに来たのかな」

一通り事情を聞いたシモンが導き出した結果に、ユウリは言葉を失う。そこまでは、ユウリも聞いていなかったからだ。

「……なんでそう思うの？」

「なんでって、敵陣視察に来たと言っていたのだろう？」

当たり前のことのようにシモンは言う。

「セント・ラファエロにいるリズの敵といえば、今のところ、僕にはハワード銀行の跡取り息子であるチャールズ・ハワードしか思い浮かばない。学校に忍び込んで、彼の弱みの一つでも握るつもりだったんじゃないのかい？」

ユウリは、答えられなかった。

キスに浮かれて、肝心なことを訊《き》き逃《のが》していた。悄然《しょうぜん》とするユウリに、シモンの手がのびて優しく黒髪を梳《す》いた。

「どうやら、彼女にキス一つで、上手《うま》く丸め込まれてしまったらしいね」

言われている内容には落ち込むが、シモンの心が近くにあることを感じて、ユウリはその方に気持ちが動いた。

「シモン、怒ってないの？」

「何を？」

ユウリは昨日の喧嘩《けんか》のことを言ったのだが、シモンには分からなかったようだ。問い返されたユウリは、問題を蒸し返す気にならず、首を振って「ならいいんだ」と呟《つぶや》いた。

それに対し、シモンはかすかに苦笑を浮かべた。シモン自身、ユウリの何に腹が立つのか分からなくなっている。強いて言えば、自分の手を放れて無謀な行動に走ることなのだろうが、おそらくそれだけではないのだろう。

「それにしても、リズは危ないことをする気じゃないよね？」

「ハワードのことかい？　どうだろう。あの性格なら脅迫の一つや二つは、平然とやってのけるような気もするね」

真面目《まじめ》な口調で言うシモンに、ユウリが慌てた。

「冗談じゃないよ。そんなことさせられない。やっぱり何か手を考えて、安心させてあげないと……」

考え込むユウリに、シモンはあらぬ方を向いて嘆息した。どう考えても、ユウリよりリズの方が、実生活においては一枚も二枚も上手である。ユウリが心配しても始まらないと思うのだが、性分だから仕方がない。

「そういえば」

何か思いついたように、ユウリが言った。

「この前の時、蝶々《ちょうちょう》がどうのって話していたけど、あれはどういう意味？」

シモンが孤児院を買い取る可能性を示唆した時のことだ。

「あれは『バタフライ効果』の話だよ」

ユウリに視線を戻し、シモンは知性を感じさせる柔らかな声で続けた。

「カオス理論における『初期値に対する鋭敏な依存性』と呼ばれる性質のことで、北京《ペキン》で今日蝶《ちょう》が飛ぶと、一か月後のニューヨークの天候を左右するという、連動における結果の不確実性の考え方からきている。これは、最近ではあらゆる現象《ケース》について考えられていて、その一つとして株価の変動、株式市場の動きにも転用されるようになってきた」

「それって、シモン。まさか株に手を出すつもり？」

「まあね。一夜にして大金を稼ぐには一番いい方法だ。競馬なんかと違って、きちんと研究すれば、それなりの成果を得ることができる。もっとも、そのためには、各国の情勢や企業提携、学会の研究発表からサンやデイリー・ミラーなどのタブロイド紙にまで目を通して情報を集めたり、過去の市場を分析したり、気が遠くなるような地道な作業が必要になるからね。頼まれてもあまりやりたくない仕事だと思うよ」

ユウリは、思わず首をすくめた。その頼まれてもやりたくない仕事を、頼もうとしているのは自分なのだ。

そんなユウリの胸中を察して、シモンが先回りして続けた。

「誤解しないように、ユウリ。あそこの子供たちのために、自分にできることがないか考えた末の計画だからね。これは、僕自身の意志でもあるんだ。君が気にするようなことじゃない」

頭に伸ばされたシモンの手の動きを、ユウリは視線で追いかけた。そこに包帯がないことに気がついて、問いかける。

「……火傷《やけど》、治ったんだ？」

「ああ、おかげさまで。昨日までは念のために包帯をしていたけど、今日は外してしまったよ」

そんな些細《ささい》なことが二人の間に開いていた距離を思わせて、ユウリは寂しさと安堵感《あんどかん》を抱きながら、まだかすかに痕《あと》が残るシモンの右手をじっと見つめた。

3

ヴィクトリア寮に戻ったところで、ユウリはグレイの雑用係《ファグ》に呼びとめられた。グレイが自室で待っているということだ。どうせ自分を説得させようという魂胆だろうと見て取ったシモンが一緒についていくと、階段の途中から尋常でない喧騒《けんそう》が響いてきた。

縦に細長い窓から午後の陽《ひ》が射《さ》す踊り場には、各階とも寮生たちがたむろして恐る恐る階上を見上げている。

どうやら騒ぎは最上階、つまり幹部たちの部屋から聞こえてくるようだ。

「あ、シモン」

三階の廊下で何か話し合っていたパスカルたちが、シモンの姿を見てホッとしたように声をかけてきた。

「なんの騒ぎだい？」

「それが、大変なんだよ。アルフレッド寮のハワードが、悪鬼のような形相で乗り込んできて、暴れているんだ」

「ハワードが？」

シモンは、聡明《そうめい》そうな水色の瞳《ひとみ》をちらりと階上に走らせた。

「なんだって、また……」

「わからないが、どうやらアシュレイのところに怒鳴り込んできたらしい。迷惑な話さ」

ウラジーミルが言って、シニカルに口元を歪《ゆが》めた。

シモンとユウリは、顔を見合わせた。二人は、アシュレイが喧嘩《けんか》を売りつけた場面を目の前で見ていた。もっとも、原因はユウリにあったともいえるのだが。

「アシュレイね。自業自得《じごうじとく》のような気もするけど……」

呟《つぶや》いて、シモンは諦《あきら》めたように階段を上った。ユウリもあとに続く。

「ちくしょう。出てこい、アシュレイ。このチンピラ野郎。てめえの首なんか叩《たた》き折《お》ってやる。隠れてないで、出てきやがれ！」

ハワードの野太い声に続いて、ドアが蹴飛《けと》ばされる音がする。

シモンたちが階上にたどり着いた時になってようやく、グレイの部屋のドアが開いて、寮長と何人かの幹部が出てきた。最後に悠々とアシュレイが続く。

「何をやっている、ハワード」

人に命令を下すことに慣れているグレイの、厳しい声が響いた。

「非常識にもほどがあるぞ」

やっと相手を見いだしたハワードは、らんらんとした目で振り返る。

「ふん。家柄だけが取り柄のチビは引っ込んでろ」

グレイのプライドを根底から叩《たた》きつぶして、ハワードがアシュレイの襟首を掴《つか》んだ。

「アシュレイ、貴様、卑怯《ひきょう》だぞ。あんな、あんな——」

ハワードは、息が続かなくなったように、そこで言葉を呑《の》み込《こ》んだ。

襟を掴む手を強引に引《ひ》き剝《は》がし、アシュレイは人を食った笑いを浮かべる。

「あんな、なんだ？　言ってみろよ。聞いてやるから」

明らかな挑発の言葉に、ハワードの血走った目が憎々しげにアシュレイを睨《にら》んだ。しかし言葉はない。荒い息をつきながら、ハワードは唇を嚙《か》んでいる。人をも殺せるような憎《ぞう》悪《お》に満ちた目を向けられても、アシュレイは平然としていた。

「それにお前は、勘違いしている」

乱れた襟元からネクタイをシュルッと引き抜き、アシュレイは切れ長の目を細める。

「やったのは俺じゃない。むしろ俺は警告したはずだ。使い魔は、思いつめると何をしでかすかわからないと——」

アシュレイの言葉を聞いたハワードは、身体《からだ》に電流を流されたように硬直した。額に汗をかいて呆然《ぼうぜん》とアシュレイを見つめる。

「まさか……」

ハワードは、苦しげに喉《のど》を鳴らした。本当に酸欠状態になっているようだ。

「まさか、本当に……」

「さあ、俺は知らない。自分で確かめてみるんだな」

打って変わって呆然《ぼうぜん》としたハワードは、寮生たちが見守る中、蒼白《そうはく》な顔をしてよろめくように階段を下りていった。

そこにいるすべての人間が、ハワードの豹変《ひょうへん》に驚いた。いったい、どんな魔法を使ったというのか。グレイたちが、異なるものを見るような目でアシュレイを見る。確かにハワードの状態は常軌を逸していたが、目の前の男ほど不気味な存在ではなかった。

しかし当のアシュレイは気にしたふうもなく、シモンの顔を見つけて顎《あご》をしゃくった。

「ちょうどいい。ベルジュ。お前に聞かせたい話がある」

シモンは、眉《まゆ》をひそめた。呼びつけられるいわれはないが、この辺りでちょっと、アシュレイに釘《くぎ》を刺しておくのもいいかもしれないと思い立つ。

そんな二人に不安を隠し切れない視線を投げていたユウリは、グレイに呼ばれて後ろ髪を引かれる思いで寮長室に入っていった。それを見届けて、シモンもアシュレイの部屋に足を踏み入れた。

相変わらず古い本や置物が並ぶいかがわしい部屋である。昼だというのに薄暗い室内をぐるりと見回してから、シモンの方から切り出した。

「それで、聞かせたい話というのは？」

「別に。ただちょっと報告をね。まあ、座れよ」

アシュレイは、エキゾチックな布の張られた籐《とう》のソファーを指し示す。自身は茶器をひっくり返して、中国茶をいれている。

「珍しい中国茶が手に入ってね。岩茶と呼ばれる種類の中でも生産地が限定されているために年間生産量が八〇〇グラムっていう貴重なシロモノだ。お貴族サマへの献茶にはピッタリだろう」

「それは確かにレアな話ですが……」

ソファーの一つに腰をおろし中国茶の注《つ》がれたカップを受け取りながら、シモンは嫌みを褒め言葉にすりかえて応酬する。

「献茶するためにわざわざ人を部屋に招待するほど謙虚な方とは知りませんでしたね。自慢するならわかりますが」

アシュレイは、笑って自分もソファーに腰を落ち着けた。香りを楽しんでから、カップに口をつける。その間、シモンは探るように相手を見つめていた。

「それはそうと、寮長はテイラーに決まりそうだ。よかったな。これで、お前も煩わしさから解放されるだろうよ」

アシュレイは、切れ長の細い目をさらに細めて、愛想《あいそ》よく言う。しかし、なぜかシモンは、その報告を聞いても素直に喜べなかった。一つには、寮長がテイラーに決まったのなら、ユウリがグレイに呼び出された理由が分からなくなるからだ。

シモンは、嫌な予感がした。

「なんだ、あまり嬉《うれ》しそうじゃないな」

「いえ。ただ、よくグレイが決心したなと」

「ああ、最後まで渋っていたが、総長に就任できる見通しがたったので、お前のことは諦《あきら》めたんだろう」

シモンは、意外そうに、アシュレイを見る。

「就任の見通しって、どこかの寮と取り引きでもしたのですか?」

「まさか。あいつが、ハワードを出し抜くほど器用じゃないのは、知っているだろう」

シモンは頷《うなず》く。間髪入れず、アシュレイが傲岸《ごうがん》に言い放った。

「取り引きしたのは、俺だ」

ゆっくりとソファーに背を預け居丈高にシモンを見下ろしながら、アシュレイは口元をほころばせた。

「グレイの総長就任のために、ハワードをつぶすと約束した」

シモンが訝《いぶか》しげにアシュレイを見る。

「……それこそレアな話ですね。あなたが学校運営に口をはさむとは」

「そうでもないさ。俺は欲望に忠実な男でね。そのための裏取り引きなんて今に始まったことじゃない」

「でも、この件でそちらが得することはないはずですが？」

「おいおい、寝ぼけているのか、それともたんにしらばっくれているだけか？　あるだろう、肝心なことが」

アシュレイは座ったまま、肩越しに手で部屋の中を指差した。

「取り引きの条件は、俺が来期も本館に残ることだ。何せこれだけの本を抱えた日には、引っ越しは面倒だからな」

部屋じゅうにうずたかく積まれた本の山。本来ならアシュレイは、来期から別館の幹事部屋に移るはずである。それが面倒だというのだ。もっとも理由はそれだけではない。アシュレイの魂胆は次の言葉で明白となった。

「ついでにユウリもな。今頃グレイが話していると思うが、ユウリを来期の寮監督生の一人にすることを条件にした」

シモンが、周囲に向けていた目をゆっくりと戻した。水色の瞳《ひとみ》が静かにアシュレイに向けられる。

「これで逆転だな、ベルジュ。お前が心配していたのは、場所だろう。自分が寮長として本館に残り、俺とユウリが別館で二人きりになるのが心配だったんだ。だから頑《かたく》なに寮長を辞退した。だが、それが徒《あだ》になったな。来期からは、俺がユウリの隣人だ」

勝ち誇った声で宣言し、アシュレイは楽しそうに喉《のど》の奥で笑った。

シモンの青い瞳《ひとみ》が、すっと伏せられた。見ようによっては、シモンが敗北を認めたように見えただろう。

しかし、シモンは考えていた。

(これは、図書館での対峙《たいじ》を再現《リプレイ》したものだ――)

塑像のように整ったシモンの表情が、かすかに動いた。それはあまりにも微小で相手にはわからなかったようだが、ある確信が芽生え、心に余裕ができた瞬間だった。シモンは視線を上げると、憮然《ぶぜん》とした表情を作る。

「お話がそれだけでしたら、そろそろ……」

一刻も早くこの場を離れたいというニュアンスを漂わせて、腰を上げる。ソファーに身を沈めたままニヤニヤしていたアシュレイは、手を振ってシモンを見送った。

薄暗い室内を出て後ろ手に扉を閉めた瞬間、シモンは大きく息を吐いた。

「危ないところだったな」

そう呟《つぶや》いたシモンの知的な横顔には、珍しく危機感が浮かんでいる。

シモンは忘れていなかった。半月ほど前、この部屋でユウリの身に起こったであろう死に直結した遊び。

召喚魔術。

アシュレイはもとより、当のユウリでさえ忘れかけているその出来事を、シモンはどうしても忘れることができなかった。ユウリの首に残っていた痣《あざ》。魂を汚《けが》すような不潔で不快な空気。そこに潜んでいた危険を、なぜかユウリが無防備なぶん、シモンは今でも一番警戒している。

図書館でアシュレイの注意を自分に引きつけたのは正解だった。

(自尊心が高いのは、お互いさまか)

シモンは、自嘲《じちょう》を込めて口元を歪《ゆが》めた。高慢な心は、足元を見えなくする。

アシュレイは、明らかに早まった。今ならまだ打つ手はある。

今回は相手の自尊心に助けられたと肝に銘じ、シモンはその呪《のろ》わしい部屋を後にして寮長に就任する予定のテイラーの部屋に向かった。

4

「諸君、静粛に」

今期の生徒自治会《スチューデントソサエティ》の総長を務めるエリオットが、片手を挙げて集まった人々の注意を喚起した。

校舎棟の三階にある生徒自治会の執務室。豪奢《ごうしゃ》な家具に囲まれた部屋には、通常の倍である三十人近い生徒がいた。カラフルなベストを身に着けているのが現行の代表たち、普通の制服姿の生徒たちが来期からの参入が決まった代表たちである。

その中で、ヴィクトリア寮のグレイ、アルフレッド寮のハワード、そしてシェークスピア寮のマーロウという野心家の男が、今期に引き続き来期の代表を務める。

配られたクリスタルのグラスに入ったシェリー酒を片手に歓談していた生徒たちは、エリオットの声に沈黙する。

「たった今、最後の代表が承認された。ヴィクトリア寮のシモン・ド・ベルジュ」

エリオットから紹介を受け満場の拍手で迎えられたシモンは、誰もが誇らしく思うセレモニーに臨み、塑像のように整った顔で静かに立っていた。それがシモンの気品を際立《きわだ》たせ、顔を上気させて下級生の参入を歓迎する上級生もいるほどの熱狂を引き起こした。

「これで予定どおり、今週末に来期の代表を決定する選挙を実施することになった。候補者は、ヴィクトリア寮のエーリック・グレイとアルフレッド寮のチャールズ・ハワードの二人だ。みな、各寮の代表として、慎重に考えて票を投じるように。報告は、以上だ」

両脇《りょうわき》に呼び寄せていたグレイとハワードへ下がるように命じ、彼はシェリー酒を持ち上げて付け足した。

「ちょっと場所は狭いが、飲み物はくさるほど用意してある。今日、初めて話す人間もいるだろうから、ゆっくりしていってくれたまえ」

セント・ラファエロのようなパブリックスクールでは、寮《ハウス》が違うと一度もしゃべることなく卒業していく可能性が高い。変則的《イレギュラー》な授業で知り合ったり、学生会館などで積極的に動き回ったりしないかぎり、他寮の生徒と一緒になる機会がないからだ。

代表に選ばれるくらいの人間であれば、名前も聞いたことがないということはあり得ないが、実際に話すのは執務室で会ってからが初めてというケースも多い。だからこの場は社交場として、近づきになりたくて近づけなかった人物と接触するよい機会であり、名前だけが先行していた人物に会う時などは、テレビで見る著名人に会うのと同じくらい興奮することもある。そして、今回の注目株は、やはりシモン・ド・ベルジュだと、誰もが認識していた。

「しかし、今回はすごい逆転劇だったな。幹部連中の嘆願には耳も貸さなかったベルジュが、寮長に決まりかけたテイラーの泣き落としに落ちるとは」

　グレイとエリオットが、シモンをはさんで楽しそうに経緯を語り合う。

「私の失策です。初めから、新しい幹部候補生たちに説得を頼めばよかったんでしょう」

　相手が尊敬するエリオットのせいもあって、グレイは珍しく腰が低い。

「そうなのか？」

　エリオットに訊《き》かれ、シモンは返事を濁して社交的に微笑《ほほえ》んだ。それだけで場が華やぐようで、生来が無骨なエリオットは、感心して洗練された下級生に見惚《みほ》れる。

　そこへ、すたすたと近づいてくる男がいた。

「シェークスピア寮のマーロウだ」

　自己紹介をしながら握手を求めた男を、シモンは水色の瞳《ひとみ》で柔らかく見返した。中肉中背。容姿はよく見ると奇怪なのだが、こぼれるような愛嬌《あいきょう》と全身から発散している生き生きとしたエネルギーが、見る者に好感を与える。

「君と面識ができて嬉《うれ》しいよ。噂《うわさ》では寮長を辞退すると聞いていたが、どこでどう変わったのか、不思議なものだ」

　さっそく歯に衣《きぬ》を着せぬ言い方で切り込んできたマーロウを、エリオットが間に立って牽制《けんせい》する。

「噂だろう。噂に振り回されて、票の売り買いをするのは、危険だぞ」

暗にシェークスピア寮がハワードと交わしたと囁《ささや》かれる裏取引を皮肉ったのだが、野心家のマーロウは顔色一つ変えずに言い返した。

「売りも買いもしませんよ。それこそ噂《うわさ》でしょう。噂には噂で応じる。そういえば、噂といえばもう一つ」

マーロウがふと思い出したように付け足す。

「この執務室に幽霊が出るそうで――――？」

エリオットの男らしい眉《まゆ》がひそめられた。ちらりと視線がシモンに流れる。

「誰にそんな……」

「だから、噂ですよ、噂。寮生たちの間でもっぱらの評判です」

「ああ、うちの下級生たちも話していたな」

近くで一つの輪を作っていた男が、面白そうな話題に声を大にして割り込んできた。

「絵の中の子供が泣くそうじゃないか」

「絵の中の子供？」

「絵ってこれか？」

部屋の片隅にかけられた揺りかごを前にした母親を描いた絵を指して、誰かが言った。

「子供が泣くのって、どこかの寮の話じゃなかったのか？」

「そうだっけ？」

いつの間にか、幾つもあったグループが、一つの大きな輪になろうとしていた。指摘された絵の前に寄ってきた生徒たちが、口々に勝手なことをしゃべりだす。

「夜中に子供を抱えた女が徘徊《はいかい》しているんだろ？」

「見た人間は、その晩のうちに死んでしまうとかね」

真実虚偽がないまぜになって発展していく話に、シモンは興味深そうに耳を傾ける。

噂《うわさ》とは、まず真実の枠組みがあり、そこに想像が付着する。これにも、発端の出来事があるのだろう。少なくとも、その一つをシモンは知っていた。エリオットに目をやると、軍人らしい骨のしっかりした顔立ちに困惑の表情を浮かべて、経緯を見守っている。

「子供が部屋を荒らすって、俺は聞いたけど」

「部屋を荒らして回る子供を、母親が追いかけるんじゃないのか？」

内容が自在に変形していく話を聞きながら部屋の隅に目をやったシモンは、そこに立つ人物に注意が向いた。

総長候補のチャールズ・ハワード。

くすんだ亜麻色の髪に暗い緑色の瞳《ひとみ》。上背はあるがやや太りぎみの体格は、紳士というより成り上がってきた者の貪欲《どんよく》さを感じさせる。決して人徳者として人気があるわけではないアルフレッド寮の寮長ハワードだが、壁際《かべぎわ》で立ち尽くす姿は、幽霊のように顔色がない。今にも倒れそうな蒼白《そうはく》な顔で、目だけを異様に輝かせながら食い入るように絵を見つめている。

シモンは、眉《まゆ》をひそめた。

噂《うわさ》の発端には、単純な構造があるはずだ。シモンは、それを考える。

今度の会合ではハワードとグレイの間の騒動が予測されていただけに、ハワードの意気消沈した様相は誰にとっても意外であった。あれほど気炎をあげていたハワード側の攻勢が、ここにきて急にしぼんでしまった理由。昨日のヴィクトリア寮での出来事と無関係とは思えないが、それならアシュレイが鍵《かぎ》を握っていることになる。

しかも、それと時を同じくして、一夜にして広まった怪異の噂話。

(また、アシュレイか……)

シモンの眉間《みけん》に皺《しわ》が寄る。怪異のあるところにアシュレイあり。いや、それだけならいいが、怪異のあるところにはユウリもいる可能性があるのだ。

そこで、シモンは思い出したことがある。

(あの絵のことなんだけど……)

涼やかな声にかすかな憂いを帯びたユウリ独特の口調が蘇《よみがえ》ってきた。初めてあの絵を見た晩のことだ。

ユウリは、絵のことで何か言おうとしていた。あの声の調子は、ユウリが腑《ふ》に落ちないこと、そこに現実との歪《ゆが》みを見いだした時のものであることに、シモンは今になって気がついた。

自分らしくない。いや、自分らしいのか。アシュレイが絡《から》むと、冷静になれない自分がいる。シモンは、苦笑した。

ハワードは、まだ絵を見ている。

食い入るように、狂おしい感情をたたえた目で――。

(何か起こるかもしれない……)

シモンは、唐突に、そう思った。

それほど、ハワードの状態は、尋常ではなかった。不気味ともいえる彼の沈黙は、何か予想外のトラブルの前兆のように、シモンの目に映った。

5

カツン。カツン。

コンクリートで固めた階段を一段一段上がるごとに、石造りの壁に足音が反響する。

真っ暗な校舎の階段で手にした懐中電灯の明かりを頼りに歩いていたハワードは、自分のたてる音に忌々《いまいま》しげな舌打ちをして、周囲の様子を窺《うかが》った。眼窩《がんか》の窪《くぼ》んだ神経質そうな緑色の目には、ぎらぎらした異常な光がある。大きな荷物を両腕で抱え足を踏ん張って立つハワードの全身からは、何か鬼気迫るものが感じられた。彼は、抱えていた荷物を持ち直すと、物音を気にしながら不気味な沈黙を取り戻した階段を上りだした。

もしこんなところを警備員にでも見つかったら、彼の人生は終わりである。なぜなら、手に抱えた荷物の中には、彼の子供が横たわっているからだ。

生後間もない赤ちゃん。

初めは、脅しだと思った。どうやってかぎつけたか謎《なぞ》だが、子供のことを公衆の面前で仄《ほの》めかしたあのコリン・アシュレイとかいう胡散臭《うさんくさ》い男の悪戯《いたずら》だと思ったのだ。

しかし、どうやらこれは、本当に自分の子供であるらしい。おそらくアシュレイが手を貸したのだろうが、セシリアという名前のろくでもない女が置いていったことは間違いないようだ。

子供のことは、日曜日に知った。呼び出されたロンドンで、突然、赤ちゃんを突きつけられて、「あなたの子供だから、卒業したら結婚してほしい」と迫られた。

セシリアは、土地を視察するのが目的で何度か訪れたことのある孤児院で育てられた孤児《みなしご》である。外見は文句のつけようのない美人で、ひと目で気に入って手を出した。遊び相手としては申し分なかったが、もちろん、本気になれるわけがない。黒々とした髪や雪のように白い肌、紺青《こんじょう》の瞳《ひとみ》も憂いを帯びて美しく、冗談交じりに「白雪姫《スノーホワイト》」と呼ばれていい気になっていたようだが、話してみれば教養もないつまらない女だった。結婚など夢にも考えていなかっただけに、相手の真剣さが恐ろしかった。

その場は白を切って逃げ帰ってきたが、結果はこれである。セシリアは、最悪の方法で報復に出た。そして、それは本当に最悪のタイミングだったのだ。

(よりによって大事な選挙の前に、なんということをしてくれたのか)

最初の混乱から立ち直ったハワードの心には、セシリアに対する憎しみが渦巻いた。今度の選挙は、ハワードにとって人生の岐路にあたるといっても過言ではない。出来が悪いくせに長男というだけで父親に溺愛《できあい》されている兄を、今度こそ見返してやるチャンスなのだ。父親が、ハワードの代表入りをことのほか喜び、総長になったら兄を差し置いて自分を後継者にしてもいいとまで言ってくれていた。

英国《えいこく》では、パブリックスクールの代表であったことは、後々まで影響を及ぼす。それはオックスフォードやケンブリッジの卒業生であることより威力を発揮するとまで言われている。ましてその頂点に立ったとなれば、なおさらだ。

だからハワードは、この数年間、必死で頑張ってきた。寮の幹部から寮長へ、寮長から代表へ、そして総長候補へ。そこから先は難しかったが、ヴィクトリア寮での不祥事が明るみに出て対抗馬のグレイの足を引っ張ったおかげで、可能性が目の前に転がり込んできた。ようやく道が開けてきたと見えたその矢先——。

ハワードは、手の中の厄介者に目を落とす。

とにかく、このことが誰にもばれないようにしなくてはならない。

タオルに包まれ声を殺された赤ちゃんは、今はぐったりしていて元気がない。下手をしたら死んでしまうかもしれないというのに、赤ちゃんの容態より泣かなくなった事実がハワードを喜ばせた。身に降りかかった災難から逃れるためには、子供をどこかに連れ出す必要があり、この機を逃す手はなかった。

そしてやってきたのが、人けのない校舎棟。静まり返った夜の校舎にハワードが忍び込んだのには、訳がある。

今日の午後、生徒自治会《スチューデントソサエティ》の執務室で耳にしたあの噂《うわさ》——。

代表会議の席上で話題にのぼった噂は、ハワードには天の啓示のように思えた。彼は、その場である奇策を思いついていた。

部屋を荒らす子供の存在とそれを追いかける母親の幽霊。絵の中には描かれていないその見えない子供が、もし絵の前に現れていたとしたら――――？

きっと学校は、パニックになるだろう。これを利用しない手はない。

彼は、すでに正気を失っていた。理屈や理論が自分本位に空転していることに、自分で気づいていないのだ。

階段を上りきった正面に、執務室はある。たどり着いたハワードは、悦《えつ》に入《い》った笑みを浮かべて、そっと両開きの扉を押した。

昼間の喧騒《けんそう》が嘘《うそ》のように重くのしかかる闇《やみ》に包まれた部屋は、不気味だった。十七世紀以降に建てられた古い城を改築して造られただけに、壁にできた染《し》みやいわれのない傷跡など、おどろおどろしい刻印がいたるところに残されている。豪奢《ごうしゃ》な室内に置かれた年代物の家具たちが、息を殺してハワードの様子を窺《うかが》っているような気がした。

執務室にかけられた壁時計が、ちょうど午前二時を打った。万物が寝静まり、この世のものならぬ者たちが徘徊《はいかい》する時間である。さすがのハワードも、臆《おく》したように立ち止まる。先の見えない闇が、圧倒するようにのしかかってくる。

「ふ、え」

ふいに、手の中の赤ちゃんが声をあげた。

「えっ、えっ、ふえっ」

しゃくりあげるような泣き声が、押し包む空間を裂いていく。一瞬ひやりとさせられたが、寮と違って人の耳もないと思い直して、ハワードは放《ほう》っておくことにした。むしろ、すべてが死に絶えたようなどんよりとした空間で、赤ちゃんのはじけるようなエネルギーがありがたかった。

「ええええん。えええええええん」

次第に声量を増していく子供を絵の前に置いて、ハワードは毛布の中を覗《のぞ》き込《こ》む。これでようやく肩の荷が下りると思うと、あれほど煩わしかった子供が可愛《かわい》く見えてくるから不思議だ。

「えええええええん、えええええええええええええん」

しかし、だんだん憚《はばか》ることなく泣《な》き喚《わめ》く声に嫌気のさしてきたハワードは、舌打ちして何かくわえさせる物がないかと辺りを物色した。都合よく、赤ちゃんの服のポケットにおしゃぶりが入っていた。ほっとしたハワードは、それに手を伸ばして摑《つか》みあげた。

その時だ。

――**わたしの赤ちゃん……**。

背中で声がした。

ハワードの動きが、ぎくりと止まる。

確かに誰かの声がした。地の底から湧《わ》いてくるような、苦しみに満ちた耳障《みみざわ》りな声。

しかし、恐る恐る見回した部屋の中には、自分のほかに人影はない。懐中電灯の細い明かりの中に、怪しい姿は見いだせなかった。

「えええええええん、えええええええええん、えええええええん」

恐怖を覚えたハワードの耳には、火がついたように泣く赤ちゃんの声が、いっそう不気味に聞こえてきた。

(こいつは、なんでこんなに泣くんだ?)

次第に凶暴な気分になってきたハワードが、乱暴に赤ちゃんの口を塞《ふさ》ぐ。

「うるさい! 黙るんだ!」

押さえ込まれた手の下で、赤ちゃんの声が苦しげに喘《あえ》ぐ。

と――――。

背後の空気が濃密になった。

のしかかってくるような重圧感。

ふいに、肩を掴《つか》まれた。ついで、耳元に囁《ささや》かれる不穏な声。

――**かえして……、わたしの赤ちゃん……**。

「ひいいっ」

引きつったような喉《のど》にからんだ声が、ハワードの口からもれた。肩に食い込んだ手に、骨を砕くほどの力が加わる。恐怖に見開いた目でゆっくりと振り返ったハワードは、燃えるような眼差《まなざ》しで睨《にら》みつけている女を見た。

レースをあしらった紺色の服を着た女が、絵の中から身を乗り出してハワードの肩を摑《つか》んでいる。

全身に冷水をかけられたように、汗が噴出してくる。

「ひっ、ひっ、ひい」

喉《のど》が縮こまって上手《うま》く声が出ないまま、ハワードは悲鳴をあげようとし続けた。

「ひっ、ひっ、ひっ、ひいいいいいい」

女がさらに身を乗り出してきた。

それに合わせて、ハワードがじりじりと後退《あとずさ》りをする。

ガタンッ、と机の角にぶつかって跳び上がったハワードは、それを境に「ひいい」と声にならぬ声をあげながら脱兎《だっと》のごとく走り出した。椅子《いす》を蹴《け》り倒《たお》し、サイドテーブルにぶつかりながら、片手に子供を抱いて無我夢中で走る。子供を放さなかったのは、守ろうとしたのではなく、投げ出すことすら忘れていたからだ。扉の取っ手を引っ摑み、二度、三度、ガチャガチャいわせてから勢いよく開けた。そのまま飛び出していこうとしたハワードを、後ろから伸びてきた腕がぎゅっと摑んだ。

「ぎゃっ」

髪が逆立つような恐怖感に見舞われたハワードは、闇雲《やみくも》に手を振り回して相手を押し返しながら摑《つか》まれた肩を思いっきり引いた。

その瞬間。

投げ出された赤ちゃんが彼の手を放れた。宙を飛んでいく赤ちゃんを気にする余裕もなく、ハワードの身体《からだ》が大きく仰《の》け反《ぞ》る。

浮遊感が、ハワードを襲った。

彼の後ろは、階段になっていた。よろめいた身体を支える物は、何もない。摑まろうと伸ばした腕は虚《むな》しく空を切り、そのまま手足をばたつかせる。

驚きに見開かれた瞳《ひとみ》がそこに見た物は、なんであったか。

「うわあああああああああああああ」

ついにハワードの喉《のど》から絶叫がほとばしり、闇夜に沈む人けのない校舎に尾を引いた。

やがて、ドサッと物が落ちる音がして、ふっつりと声が途絶える。かすかに血の臭《にお》いが漂う階段に、おぞましさを秘めた沈黙が落ちた。

「えええええん、えええええええん、ええええええええん……」

聞こえてくるのは、泣き続ける赤ちゃんの声だけ。

だが、それも徐々に徐々に遠ざかり、消えていく。あとに残されたのは、ただ夜明けを待つ、ひと時の静けさだけだった。

第四章　呪《のろ》われた絵画

1

ガッタン。

ガッタン。

減速した列車が、雪の降りつもるレールの上を動いていく。

どんよりとした灰色の空。重く淀《よど》んだ空気が、町全体を覆っている。ところどころに積み上げられた黒い瓦礫《がれき》の山が、寂れた町の印象をいっそう荒《すさ》んだものにしていた。

キイイイイイ。

ガッチャン。

車輪がレールとこすれあう耳障《みみざわ》りな音が、人々の不安と恐怖を煽《あお》る。

四角い箱にぎっしりつまった人、人、人。

彼らはみすぼらしい服に身を包み、家畜のようにひしめいている。
ここは、寒い。
凍えるように寒い。
それに、座らせてほしい。
(ええええええええええええん。えええええええええええええん)
助けて。
助けて。
誰か、助けて……。
ここは、どこであるのか。
これから何が起こるのか。
知りたい気持ちと知りたくない気持ちの狭間《はざま》で、神経が磨耗していく。
もう、眠りたい。眠らせて――。
(えええええええええええん。ええええええええええええん)
ああ、でも赤ちゃんが……。
どこに……?
どこにやってしまったの?
わたしの赤ちゃん……。

（ええええええええええん。ええええええええええええん）

足元に視線を落とせば、やせ衰えた腕や足が見えている。

人間の屍《しかばね》だ。

そう思って見回せば、瓦礫《がれき》の山と思えたものも、うずたかく積まれた人間の死体にすぎなかった――――。

ユウリは、目を覚ました。

ベッドの上で身動きもせず、じっと夜の闇《やみ》を見つめる。

（まだ――――）

外気の暑さが嘘《うそ》のように、身体《からだ》の芯《しん》が冷え切っている。それなのに、嫌な汗で寝巻きがぐっしょりと濡《ぬ》れていた。

（なんという夢）

喉《のど》がカラカラに渇いている。身体が鉛のように重く、腕を動かすのもおっくうだ。ユウリは、しばらく暗く沈んだ天井を見上げ続けた。恐ろしいほどの絶望感が、ユウリを囚《とら》えている。

あれは、どう考えてもナチの絶滅収容所である。

（多くの血が流された……）

低く囁《ささや》くアシュレイの声が蘇《よみがえ》る。

（大地に染《し》み込《こ》んだ彼らの悲嘆。ヨーロッパ全土に刻まれたユダヤの叫びが、聞こえないか？）

ユウリは頭《かぶり》を振って、両手を顔にのせた。

（誰かが、自分に助けを求めているのだろうか。とうに滅び去った肉体を超えて、はるか時の彼方《かなた》から、何かを呼びかけている……？）

チック、チック、チック、チック……。

真っ暗な部屋の中に響く時計の音が、やけに大きく聞こえてきた。

のろのろと身体《からだ》を起こしたユウリは、手を伸ばして枕《まくら》もとの時計を見る。二時を少し過ぎたところである。夜明けには、まだ遠い。寝静まった寮《ハウス》には、恐《こわ》いほどの沈黙が降りていた。

ふいに、ユウリが顔を上げた。

身体を少し前にのめらし、訝《いぶか》しげに耳を澄ます。

耳を塞《ふさ》ぐような沈黙の底から、小さく何かが聞こえている。

（赤ちゃんが、泣いている？）

えええええん、えええええええええん、えええええええええん……。

幻聴のようにかすかだった声は、やがて沈黙のうちに溶けて消えた。

(……明け方、絞め殺されているような赤ちゃんの泣き声がしたって)

誰かがそんな話をしていた。いつ、どこであったかは、もう思い出せない。ほかに気を取られていて、きちんと聞いていなかったせいだ。けれど、何かが引っかかって、耳の中に残っていたのだ。

(赤ちゃん、赤ちゃん、揺りかご)

何が引っかかっているのか。言葉が連想の輪を広げる。

(揺りかご、子供、母親、……母親?)

ぞくり、とした。

じわじわと背筋を這《は》いあがってくる恐怖。

不安定な絵の中から、じっと睨《にら》みつけていた母親の目――。

ユウリは、慌てて毛布の中にもぐりこみ、ぎゅっと目をつぶって嫌な考えを頭から追い出す。

(寝てしまおう。寝てしまうのが一番だ)

自分に何度も言い聞かせながら、風が窓を揺らすたび、身体《からだ》を震わせて夜が明けるのを待ち続けた。

「あれ、シモンは？」

ロビンと朝食を取っていたユウリに、あとから来たパスカルが訊《き》いた。

「知らないよ。朝起きたら、もういなかった」

両手に持ったカップでコーヒーを飲みながら、ユウリは憂鬱《ゆううつ》そうに応じる。

空が白み始めた頃になって、ようやくユウリは安らいだ。起床前のわずかな時間で貪《むさぼ》るような眠りに落ち、起きた時にはすでにシモンの姿はなかったのだ。夢のことでシモンの意見が聞きたかったのに、ユウリはちょっとがっかりだった。来期からはこんな状態が続くのかもしれないと思うと、ラントンの台詞《せりふ》じゃないが、今までどれほど恵まれていたかを実感して、恐ろしい。

(冗談ではなく、僕は、シモンに頼らずにやっていけるのだろうか？)

そんな不安な気分でいたユウリをじっと見ていたパスカルが、分厚い眼鏡を押し上げてからこっそりと言った。

「仲直りは、できたんだよね？」

「うん」

真剣なパスカルの顔をちらりと見上げ、ユウリは申し訳なさそうに微笑《ほほえ》んだ。

「心配かけてごめんね」

「そんなことはいいんだけど、あまり人目を気にしないことだよ」

照れたように言って、パスカルは食事に手を伸ばした。

そこへ、当のシモンがやってきた。

「ユウリ」

「あ、シモン。おはよう」

ひときわ清々《すがすが》しく高雅な姿を目にした瞬間、ユウリの中で引きずっていた嫌な夢の余韻が消える。ユウリはホッとした顔でシモンを見上げた。食堂の高窓から照らす朝の陽射《ひざ》しの中では、淡い金髪が白く目に眩《まぶ》しい。

「おはよう」

シモンも挨拶《あいさつ》を返すが、食事の席につく気配はない。逆にテーブルの上に目を走らせてユウリの食事があらかた終わっているのを確認してから、言う。

「ユウリ。悪いけど、今からちょっと付き合ってもらえないかな？」

「えっ？　あ、うん。もちろんいいよ」

慌てて立ち上がったユウリの椅子《いす》を引いてやったルパートが、心配そうに言った。

「シモンは、朝食を食べたの？」

「もちろん。ありがとう《ビアン・シュール・メルシィ》」

仲間たちに見送られて廊下に出たユウリは、そのまま寮を出ることになった。

「どこに行くの？」

「生徒自治会《スチューデントソサエティ》の執務室だよ」

「執務室……」

その名称を聞いたとたん、ユウリの中に嫌な夢の印象が蘇《よみがえ》ってくる。

「何かあったの？」

ユウリは不安そうに問いただす。生徒自治会の執務室は、ユウリが今一番行きたくないと思っている場所だ。

「どうして、そう思うんだい？」

「どうしてって……」

ユウリは口ごもる。理由は簡単だ。執務室には、あの絵がある。それをどう伝えようか考えていると、シモンは慎重に言葉を選んで話しだした。

「ねえ、ユウリ。君、以前僕に、エリオットが持ってきた絵について感想を訊《き》いたことがあったよね。確か最初にあの絵を見た日だったと思うけど、あれは何か意味があったのかい？」

ユウリは重くなる足を止めた。

「どうして、今さらそんなことを……」

呟《つぶや》いたユウリを見下ろして、シモンはちょっとの間考え込んだ。それから真剣な口調で言う。

「これは、まだオフレコなのだけどね。実は、昨晩、ハワードが怪我《けが》をした。意識不明の重態で朝早く病院へ運ばれたんだ」

　聞かされた事実に、ユウリの目が見開かれる。

「まさか。……でも、なんでそんなことに？」

「それが、よく分からない。第一に、彼が夜中に執務室で何をしていたかも分かっていないが、とにかく、部屋じゅうをめちゃくちゃにして飛び出した理由が謎《なぞ》なんだ。しかも、状況から察するに、彼は部屋にいた何かを振り返って、そのままの姿勢で階段を落ちたことになる……。僕も見たのだけど、足の骨が曲がっていてひどい状態だったよ。生きていたのが不思議なくらいだ」

　その時の様子を思い出したのか、シモンはやりきれないというように首を振った。

「いったい何を見たのか……。いや、何から逃れようとしたのかを考えるべきか」

「逃れる？」

「そう。少なくとも彼は、何かから逃げようとした。その何かがね、今の段階では、さっぱり分からない。ただ……」

　思案顔で言いよどんだシモンに、ユウリの煙るような漆黒の瞳《ひとみ》が続きを促すように向けられる。

「ただ、何？」

「……総長のエリオットは、今度のことが、例の彼がダートマスで手に入れた絵に関係があるのではないかと怯《おび》えている。僕は、彼の依頼で昨日からずっと調べていたのだけど、確かにちょっと曰《いわ》くつきの絵だったよ。それで、ふとユウリのことを思い出して、話を聞いてみたいと思ったんだ」

ユウリは、すっと目を伏せた。人差し指を唇に当てる。考え込んだユウリに、シモンが重ねて訊《き》いた。

「ユウリは、あの絵をどう思っている？」

「……あれは、よくない絵だと思う。あの時、シモンも言っていたけど、とても不安定なんだ。もちろんシモンは構図のことを言ったのだろうけど、それがそのままあの絵の印象になっているんだ。空間が平衡を失うほど歪曲《わいきょく》された何かがある。それに何より、あの母親の目が――――」

「母親の目？」

シモンが、ちょっと腑《ふ》に落ちないように繰り返した。

「それが何か……？」

「気づかなかった？」

ユウリは、ふいに身体《からだ》が冷たくなった気がして、降り注ぐ夏の太陽の下で身体を震わせた。

「あの母親は」

求めるような、訴えかけるような激しい視線。

そこに燃え盛る憤《いきどお》り。

心からぞっとさせられるあの目で……。

「見ている人間を睨《にら》みつけている——」

2

ユウリとシモンが入っていった時、エリオットは、幾人かの代表に囲まれて話し込んでいるところだった。シモンの姿を目にすると、手で待っているように合図する。座るような場所もないので、ユウリはシモンの横に突っ立ってぼんやりと部屋を見回した。

生徒自治会《スチューデントソサエティ》の執務室は、さながら竜巻の通り過ぎたあとのようだった。

机の上の書類は飛び散り、椅子《いす》は倒れ、花台の上にあったはずの壺《つぼ》がごろんと床に転がっている。それはけっこう高価な赤絵の花器だが、真ん中でみごとに割れていた。

吐息をもらしてそこから視線を転じたユウリは、一通り見渡し終えたこの部屋に、あるべきものがないことに気がついた。

「シモン」

部屋の中を視線で捜しながら、隣で優雅に腕を組んで立っている友人の袖《そで》を引く。

「シモン、ねえ、絵がない！」

ユウリに掴《つか》まれた腕をそのままに、シモンも部屋を見回した。

「そうだね」

慌てているユウリとは対照的に、シモンは泰然と応じる。

「たぶん、嫌がっていたし、エリオットが外したのだよ」

シモンの言《げん》は、正しかった。

病院から戻ってきた生徒からハワードが一命を取り留めたという報告を聞いたエリオットが、「待たせたね」と言ってやってきてから、取り外した絵のことを話してくれた。

「気味が悪いから、外してしまったよ。ソファーの後ろの壁に立てかけてある」

指された場所に回りこんだシモンは、絵を手にして戻ってくる。

「ユウリ。見てごらんよ」

ユウリは近づいていってシモンの横から覗《のぞ》き込《こ》む。小作りな顔が驚愕《きょうがく》に彩《いろど》られた。

「そんな馬鹿な」

信じられない、という呟《つぶや》きがユウリの口からもれる。しばらく絵を見つめていたユウリは、くるりときびすを返して戸口に向かった。

「悪い、シモン。ちょっと机の上に置いてくれる？」

最初に見た時と同じ条件で見ようと振り返ったユウリは、そこでまた小さく叫んだ。

「やっぱり違う。でも、どうして――――？」

ユウリが呆然《ぼうぜん》と呟いたのも、無理はない。

そこには、ユウリがあれほど恐れていた女の視線がなかった。絵の中の女性が見ているのは、描かれた揺りかごである。こちらに背を向けた揺りかごの中を、優しい眼差《まなざ》しで覗き込んでいるのだ。それは、我が子を慈《いつく》しむ母親の慈愛に満ちた表情以外のなにものでもない。

ユウリは、少しずつ位置をずらしながら見てみるが、変わらない。結果はまったく一緒で、こちらを睨《にら》む視線は存在しなかった。

ホッとする以前に、ユウリは何か変だと感じる。確かに絵が発していた不安定さは薄らいだのだが、その代わりもっと深い新たな危険がうがたれたように思えた。

絵を立てかけて、自分の目で確認しに来たシモンが隣に並ぶ。

「どうだい？」

訊《き》かれて、ユウリは首を振った。

「違う。こんなではなかった」

「確かにね。こっちを見ているふうには見えない。……それって、どういうことだろう？」

「分からない」

ユウリは、俯《うつむ》いて、もう一度首を振る。

「ただ、あの時は確かに、僕を見ていたんだ……」

睨みつけていたあの視線は、忘れようにも忘れられない。

「何が見ていたって？」

エリオットに問われ、二人は目を見交わした。この場で証明できないことを言っても仕方がないと判断したシモンが、「大したことじゃありません」と話題を変える。

「それより、例の件ですが」

「前の持ち主が死んでいるという話だな。本当だったのか？」

軍人らしい鋭い目で、エリオットが確かめた。

「ええ、昨日の夜、持ち主の執事であったという男の話を聞くことができたんですが、本当でしたよ。亡《な》くなったのは、あの絵を買って間もない頃だそうです」

いったん言葉を切ったシモンに、ユウリが口をはさむ。

「前の持ち主って、死んだの？　どうして？」

立てかけた絵の方に戻りながら、シモンがちらりとユウリを見た。

「これは、エリオットにもまだ言っていませんでしたが、原因は、転落死だそうです」

「転落死⁉」

エリオットとユウリが同時に叫ぶ。

シモンは、二人の顔を交互に見て、ことさらゆっくりと事実を伝えた。

「彼は、家の階段から落ちて死んだそうです」

「まさか」

絶句するエリオットをちらりと見て、ユウリは恐る恐るシモンに確認する。

「それって、ハワードと同じ？」

「むろん、ハワードは死んだわけではないから同じとは言えないけれど、この一致は何か不当な気がする。しかもそれだけじゃない」

「それだけじゃない？」

沈着冷静な判断力を称《たた》えられる人気者の総長にしては珍しく、動揺を隠せない声で繰り返した。対照的に、シモンは変わらぬ優雅さで、キャンバスの裏側を長い指ではじいた。

「ここに、比較的最近の日付でニューヨークにおいて開催されたサザビーズの認識番号《ロットナンバー》があります」

英国《えいこく》屈指のオークション会社の名前を挙げて、シモンは説明する。

「おそらく前の持ち主が購入した時のものだと思って、例の持ち主の執事に確認したら、やはりそうでした。この認識番号というのは、絵の来歴を管理するのに重要で、それぞれのオークション会社がその時点で分かる範囲の来歴を作品に対して付随させ、のちに同じ作品が出た時の参考にするものです。それで、さっそくサザビーズに問い合わせたら、分かっている範囲では、今までに二人の人間が持ち主となっていましたよ」

シモンの素早さに感心しながら聞き入っていたユウリは、次の言葉に全身の毛がそそけ立った。

「二人とも、絵を買ってすぐに死亡しています」

エリオットも息を呑《の》んで押し黙る。シモンは、淡々と話を進めた。

「サザビーズでは結局確証がとれなかったようで断定は避けましたが、仮にこの絵がサージェントのものだとして、描かれたのは一八八五年頃。そうでなくても絵の具の保存状態から判断して、制作されたのは十九世紀末とされました。

ところが、それに対して、持ち主となった三人は、いずれも最近の人です。最初が一九八〇年だから、この二十年のうちに三回も持ち主が変わったという計算になる。それもあまりないことですが、むしろ制作されてから一世紀近い間、人目に触れることのなかった絵がひょっこり現れたことのほうが、気になります。これは、とても嫌な事例《ケース》なのですよ」

「嫌な事例？」

「そう《ウィ》」

肯定したシモンだったが、詳しい説明はせず、肩をすくめて違う質問をする。

「それで、エリオットは、この絵をどうなさるおつもりですか？」

恰幅《かっぷく》のいい身体《からだ》で、エリオットが考え込むように腕を組む。

「それなんだが、実はコリン・アシュレイがこの絵を引き取りたいと言ってきている」

「アシュレイが？」

驚いた声を出したシモンが、ユウリを見た。その目が、訝《いぶか》しげに細められる。聞かされた事実に対し、ユウリの表情にはなんの変化もなかった。

エリオットが、憮然《ぶぜん》とした調子で続ける。

「詳しいことは言わなかったが、この絵を持っているとろくなことにならないだろうからと言っていた。こうなってみると、アシュレイはある程度の事情を知っていたとも考えられる。まったく、裏にどんな魂胆があるか知れたものじゃないな」

エリオットの態度には、アシュレイのことをあまりよく思っていない様子が表れている。実直な彼は、いかがわしい噂《うわさ》の絶えないアシュレイを毛嫌いしていた。

シモンは、ユウリと絵を見比べながらしばらく考えに沈み込んでいたが、やがて意を決したように言った。

「それなら、この絵の権利を、僕に譲ってもらえますか？」

「シモン！」

驚いたのはユウリだ。こんな曰《いわ》くつきの絵。所有者を害する恐れのある絵など、あえて引き取ろうというシモンの気が知れない。

エリオットも、酔狂な奴だというように、下級生を眺める。

「かまわないが、こんな薄気味悪い絵を手に入れて、どうするつもりだ？」

「前から気になっていたことがあって、それを調べてみたいんです」

午後になり、自習室で歴史学のレポートを仕上げている途中、ユウリは文字を書き連ねる手を止めて窓から見える景色に目を向けた。どこかの寮《ハウス》でボート競漕《きょうそう》があるらしく、湖に向かう小道をぞろぞろと白いポロシャツ姿の生徒たちが歩いている。

「ユウリ、手が動いてない」

傍《かたわ》らで、仕上がった分のレポートに目を通していたシモンが、こちらを見ずに言った。

「やるべきことをやらないで苦しむのは、君だよ。それとも、何か分からないことでもあるのかい？」

ユウリは頬杖《ほおづえ》をついたまま、やる気がなさそうに首を振る。

「あとは、結論だけだから。……でも、分からないといえば、シモンのことが、てんで分からない」

不満そうに言って振り返れば、顔を上げたシモンの澄んだ水色の瞳《ひとみ》とぶつかる。

「僕が、なんだって？」

「自ら危険を背負い込んだ」

持ち主が次々と死んでいる呪《のろ》わしい絵画を、わざわざエリオットから引き取ってしまったシモンが、ユウリには不可解だった。理由がわからないまま、不安だけが募る。

「おかげで僕は、シモンが階段を上り下りするたびに何かあったらどうしようと考えて気が気じゃない。これってすごく心臓に悪いと思う。もし僕が、若くして心筋梗塞《しんきんこうそく》で死んだら、化けて出てやるから」

無茶苦茶な文句を重ねるユウリに、シモンは苦笑した。誰のせいだと言いたいところだが、言ったところでユウリが納得するとも思えない。

「それは悪かったね、ユウリ。でも、あれには理由があるのだから仕方ないよ。でも、そんなに心配してくれるなら、しばらくは僕のそばを離れなければいい」

昨日今日でめっきり忙しくなったシモンが、無理なことをあっさり言う。しかも、冗談めかしているわりに、本気の口調である。

「できるわけないよ」

「どうしてだい。そもそもユウリは、最近、僕が誰かと話していると、すぐにいなくなってしまうけど、別に内緒話をしているわけではないよ」

寮長に決まったとたん、他寮の人間までが訪問するようになったシモンの横に我が物顔でいるのも気が引けて、遠慮していたユウリである。それをこんなふうに諫《いさ》められて、嬉《うれ》しいのか腹が立つのか分からない。複雑そうに黒髪をかいたユウリを、シモンが表情に憂慮の色を浮かべて見つめる。

シモンとしては、あの絵をアシュレイにだけは渡したくなかった。もしアシュレイの自由にさせたら、ここまで絵に囚《とら》われてしまっているユウリに危険が及ぶのは火を見るより明らかだ。ユウリの様子からいって、すでに何かしらの接触があったらしい。すぐにも何かあるとは思わないが、油断は禁物だとシモンは感じていた。せめてユウリがもう少しアシュレイに対して警戒心を持ってくれればいいのだが、今の段階ではあまり期待できそうにない。

再びレポートに取りかかったユウリの「東洋の真珠」とあだ名される神秘的で繊細な横顔を見つめながら、ひっそりとため息をつくシモンだった。

3

「ユウリ、こっちよ」

約束どおり、昨日と同じ時間に西の雑木林に行くと、木の上でリズの声がした。

「上がってこられる？」

取っ掛かりの少ないオークの木に、本日もセント・ラファエロの制服に身を包んだ彼女がどうやって登ったのかは知らないが、ここでユウリが尻込《しりご》みするわけにもゆくまい。木登りなどしたことがないユウリだが、潔《いさぎよ》く頑丈そうな幹のこぶに手をかけた。

「手を出して」

地上から五メートルほどの場所にいたリズが、苦戦するユウリの手を引っ張って引きずりあげた。

「ようこそ、ユウリ」

枝の根元に落ち着いたユウリに、リズが笑顔で挨拶《あいさつ》する。ユウリの両脇《りょうわき》に両手をついて囲い込むように覗《のぞ》き込《こ》む仕草は、女の子というより少年のような印象を受ける。

「来てくれるなんて、思わなかった」

近づいた顔は思いのほか真剣で、緑色の目がはにかむように細められた。

「どうして？　昨日、約束したよね」

　誘惑されているとも遊ばれているとも取れる相手の行動にどぎまぎするものの、ユウリは不思議そうに首を傾《かし》げた。

「あら、ラファエロのお坊ちゃまにとって、孤児院の女の子との約束なんて破るためにあるようなものでしょ」

　ユウリは、煙るような黒い瞳《ひとみ》をリズに向けた。言葉の響きの中に、その明るい態度からは及びもつかない皮肉が込められていたように感じたからだ。

「この学校も含めて、僕は人生で、約束相手にランク付けをするように教わった例《ためし》は、一度もないけど……？」

「ああ、そうよね。ごめん。ユウリに言うべきことじゃないな」

　ユウリに言うべきことじゃない。では、誰になら言うべきことなのか。ユウリには一人だけ心当たりがあった。

「ハワードならいいの？」

　言ったとたん、それまで笑っていたリズの顔が強張《こわば》った。緑色の瞳が不審の色を浮かべてユウリを見ている。

「どうして、ここでハワードの名前が出るの？」

「だって、君、昨日、僕に言ったじゃないか」

目を細め探るように見つめるリズに、ユウリは言う。本当は、シモンに指摘されなければ聞き流していたことだ。

「敵陣視察に来たって」

「確かに言ったけど、それがどうしてハワードにつながるの？」

「というより、ハワード以外に選択肢がないんだ。なんといっても、彼はハワード銀行の跡取りと目されている人物だし、ほかに君と関《かか》わりがあって敵対している人間なんて、この学校にはそうそういないはずだからね」

「なるほど、そういうことか」

ホッとしたように言ったリズに、いつもの快活さが戻っている。

「孤児院の移転の件で、私がハワードの脅しのネタでも探しに来たと思っているわけね」

「違うの？」

「まあ、当たらずとも遠からず、かな」

リズが短い髪をばさばさとかいた。金色の髪に木漏《こも》れ陽《び》がはねて眩《まぶ》しい。

ここは、偵察にはもってこいの場所だった。夏になり青々と生い茂った葉に隠れて地上からこちらの姿は見えないが、重なり合う木の葉の隙間《すきま》を通して学内の様子は意外なほどよく見えるのだ。一番手前にあるヴィクトリア寮やすぐ隣のアルフレッド寮、ボートハウスへ向かう小道や湖の桟橋、遠くにはバロック建築の威風堂々とした校舎までもが、ほとんど遮るものもなく見えている。午後の陽射《ひざ》しを受けて白くかすむそれらの風景を眺めていたユウリは、言うべきかどうか迷っていたことを口にした。

「移転の件に関しては、リズたちが心配することもないと思う」

「どうして？」

リズがびっくりしたように訊《き》き返《かえ》す。

「いったい――」

言いかけた言葉を呑《の》み込《こ》んで、彼女はちょっと遠くに目をやり、やがて納得したように頷《うなず》いた。

「そうだった。ここには、桁違《けたちが》いの金持ちもいるものね。その中の一人くらい、先行投資をする気になった人がいたとしてもおかしくないか」

どこか軽蔑《けいべつ》したような口調で推測を述べたリズが、一拍置いて付け足した。

「たとえば、ベルジュとか……」

横目で意味ありげに見られ、ユウリは居心地の悪さを感じる。

「リズは、嬉《うれ》しくないの？」

「顔見知りの人間に、施しをしてもらうことが？」

リズが、鼻を鳴らして不満を表明した。

「紳士の振る舞い《ノブレス・オブリージュ》。英国の悪《あ》しき風習だわね。持つ者が持たない者に分け与える。一見すると素晴らしいことのように思えるけど、彼らは階級をなくす気はさらさらない。自分は常に施す側でいたいのよ」

なんという傲慢《ごうまん》さ、とリズは嫌悪《けんお》を隠さず吐き捨てた。

「人に物を分け与えるくらいなら、生活水準を平等にすればいいのにね。施しをするような人間は、そんな当たり前のことが絶対に許せない人種よ。階級が違う人間は、同じ人間とすら思っていない」

激昂《げっこう》するリズをしばらくは呆然《ぼうぜん》と見ていたユウリだが、やがて眉《まゆ》をひそめた。

「君が生まれてこのかた、どれほど不快な思いを味わったかは知らないけど、僕に言えるのは、シモンはそんな度量の狭い人間じゃないということだよ。純真な子供たちが、その居心地のいい環境を取り上げられて劣悪な環境に移されると聞いて、なんとかそれを食い止められないかと考えているだけで、自分の優越感を満足させるなんてつまらないことを考えるわけがない」

「他人の心なのに、ずいぶんはっきり断言するのね」

不満そうな口調でリズが言った。

「それはそうだよ。毎日一緒にいれば、相手のことがある程度分かるようになるから」

当たり前のように応じるユウリに、リズは悔しそうに唇を噛《か》んだ。やがて、ぽつりと本音をもらす。

「そうね。ベルジュが、そんな人間じゃないことくらい、私にだって分かってるわ」

「じゃあ、どうして、あんな意地悪なことを……」

「意地悪な気持ちになったからに決まってんじゃない」

だからなぜ、と訊《き》いて首を傾《かし》げたユウリに、リズは顔をこすりながら不満を訴えた。

「だって、悔しいじゃない。あんな、容姿から何からすべてに恵まれて、こっちが必死で考えに考えて考え抜いて、それでもどうにもできないと諦《あきら》めたことを、余裕であっさりと実行してしまうなんて。同い年のくせに、ずいぶんだと思わない？」

目を丸くしたユウリは、心の底から言った。

「驚いた。君って、すごく負けず嫌いなんだ」

ラファエロの仲間たちの中には、シモンに対してこんなふうに対等な競争《ライバル》意識を持っている人間はいないだろう。ユウリはもとより、グレイをはじめとする権力者たちでさえ、シモンに対してはどこか一歩置いて接しているようなところがある。グレイなどは、自分のそんな態度に罵《ののし》りすら感じているらしいのに、シモンが代表入りしたとたん、側近のような扱いでそばに置きたがっている始末だ。唯一、対等に振る舞えていると思われるのが、「魔術師」の異名をとる一級上のコリン・アシュレイだが、彼は彼で人間の範疇《はんちゅう》にあるのかどうか疑わしいような人物である。

結局、誰もが特別と認めてしまっているシモンに、リズは本気で対抗するつもりでいるらしい。

（これを聞いたら、きっとシモンは喜ぶな）

そう考えて、ユウリは知らず微笑を浮かべていた。それをどう取ったのか、リズが嫌そうにユウリを睨《にら》みつける。

「何よ、ユウリ。どうせ端《はな》から敵《かな》うわけがないと思っているでしょう？」

「まさか。感心してたんだ。今度、シモンの前でそれを言ってあげるといいよ」

半信半疑の面持ちで聞いているリズを横目に見て、ユウリは視線をほかに移した。ヴィクトリア寮の奥に見えているアルフレッド寮が目に入って、思い出したように言う。

「そういえば、ハワードは、ちょっと理由があって、当分学校には戻れないと思う。だから、もしハワードを捕まえたくてここに来ているのなら――」

意味はないと言いかけたユウリを、リズの素《す》っ頓狂《とんきょう》な声が遮った。

「ハワードが学校にいないですって――⁉」

緑色の瞳《ひとみ》を開ききって、ユウリを凝視する。

「それって、いつから、どうして？」

返事も待たず質問を重ねるリズは、完全に気が動転しているらしい。

ユウリは、訝《いぶか》しげに眉《まゆ》をひそめた。

「今朝からだよ。何をそんなに――」

「どうして？」

ユウリの質問など聞いていない。焦《じ》れたように訊《き》く彼女に、ユウリはどこまで話していいか考えていた。

「ええっと」

とりあえず、状況だけは伝えようと意を決する。

「ハワードは、怪我《けが》をしたんだ。それで朝早くに救急車で病院に運ばれた」

「どうして、怪我なんか？」

「それは、僕にも分からない」

半分は本当のことなので、あまり力まずにごまかせたようだ。ただし、本当に納得したのかどうかは、一転して黙り込んでしまったリズからは判断できなかった。

沈黙が続く。

風が、木々の葉をさわさわ鳴らしながら吹き過ぎた。

「赤ちゃん……」

やがて、リズが、ぽつりと言った。

「えっ？」

「どこかに赤ちゃんがいるって話を、聞いてない？」

あまりに突拍子もない話なので、ユウリはすぐには理解できなかった。けれど、「赤ちゃん」という響きを聞いた時、なぜかドキリとしたのも確かだ。

「赤ちゃんが、どうしたの？」

活力にあふれた緑色の瞳《ひとみ》を翳《かげ》らせて、リズは唇を嚙《か》んでいる。何かひどく悩んでいるらしい様子に、ユウリも不安を覚える。

「リズ。赤ちゃんがどうしたの？　そのために君はここにいるのかい？」

ゆっくりと慎重に質問を繰り返すユウリに、測るような視線が向けられる。視線をはずさないまま意を決したリズが、とんでもない事実を打ち明けた。

「ハワードは、赤ちゃんを預かっていたはずなのよ」

「なんだって？」

「生後六か月の乳飲み子よ」

事実を容認できないでいるユウリに、容赦のないリズの告白が続く。

「一昨日《おととい》の晩に、彼のところに運ばれたの。誰か、泣き声とか聞いていると思うのだけど……」

「知らない。少なくとも、ハワードのそばにはいなかったよ」

もしそんなことがあれば、シモンが教えてくれたはずだ。

「誰も何も言ってなかった……」

（夜中に赤ちゃんの泣き声が聞こえた――）

最近聞いたばかりの怪異譚《かいいたん》が、耳の底に蘇《よみがえ》る。

火のないところに煙は立たない。

(あれは、現実にあったことだったのか)

ユウリは、煙るような黒い瞳《ひとみ》を虚空《こくう》に漂わす。目の前の問題から少し離れて、起こりつつある現象を考えた。

連れ込まれた赤ちゃん。

夜中に泣く赤ちゃん。

子供を見つめる母親の肖像画。

そして、夢に子供を捜す声――――。

現実と非現実が錯綜《さくそう》する瞬間に、いったい何が起きるというのか。

「ユウリ、聞いている?」

「え、ああ、ごめん」

「お願い。しっかりしてよ。こうなったら、あなただけが頼りなのよ」

リズが真剣な表情で、諭すように言う。

「一刻も早く赤ちゃんを見つけなくちゃ。捜してくれるよね?」

質問でなく確認である。ユウリは、頷《うなず》きながら、あることに気がついた。

「ねえ、リズ。それって君の子供?」

さすがに「ハワードとの間の」とは訊《き》けず、それだけ言ったが、それでもリズは鼻白んで冷めた視線をユウリに投げた。

「その質問は、ショックだわ」

急を要するこの場で、妙に下世話な話になってしまった。けれど、リズはこの誤解だけは解いておきたいとばかりに、弁明した。

「それって、ユウリは、私とハワードがそういう関係にあったと思っているってことよね？」

恐る恐る頷《うなず》くと、リズが大仰に天を仰いだ。

「冗談じゃないわよ。どうしてあんな最低な男にほだされなきゃならないのよ」

「でも、じゃあ、なんで、君がこんなに必死になっているの？」

リズは、腕を組んだ。情報を伝えることをひどくためらっている様子だが、すぐに決心したらしく身を乗り出した。

「これは、絶対内緒よ。もちろん、あなたの大好きなベルジュにも言わないで」

そう前置きしてから、リズは言う。

「セシリアの子供よ。彼女がハワードとの間に産んだ子供なの」

4

日没を迎え、板張りの廊下の端やカーブした柱頭の角に夕闇《ゆうやみ》が忍び寄る頃になって、ユウリはとぼとぼと寮《ハウス》の階段を上った。通り過ぎてきた階下の食堂からは、明々とした明かりがもれ生徒たちの賑《にぎ》やかな声がロビーにまで響いている。しかし、疲れきった身体《からだ》を引きずって歩くユウリには、その活力に満ちた場所に入っていくだけの気力も体力も残されていない。とにかく今は、部屋に戻って自分のベッドに横たわりたかった。

学校じゅうを隈《くま》なく捜してみたが、赤ちゃんはどこにもいなかった。

最初に見に行ったアルフレッド寮のハワードの部屋で、ユウリは赤ん坊のいた痕跡《こんせき》を見いだした。衣料ダンスの奥から赤ちゃんが入るくらいのかごと毛布、それに粉ミルクを含む数種のベビー用品を収めたボストンバッグが出てきたのだ。

リズの言葉は、事実であった。

確かにハワードは、赤ちゃんを預かっていた。では、ハワードがいなくなった今、赤ちゃんはどこに行ってしまったのか。

ボートハウスの裏手や図書館、学生会館、果ては忌《い》まわしい記憶の残る霊廟《モーソリアム》にまで足を延ばしてみたが、赤ちゃんの姿を見ることはおろか、その泣き声すら聞くことはなかった。

シモンに相談したいが、リズに約束させられたので事情を話すわけにもいかない。ユウリは途方にくれていた。

部屋に戻ると、中は暗かった。シモンは、まだ食事から戻ってきていないのだろう。応接間を突っ切って、自分の部屋のドアを開ける。

「遅い！」

突然、薄暗がりから声がした。

ユウリは、心臓が止まりそうになるほど驚いて立ち止まる。凝視した視線の先、紺青《こんじよう》に暮れつつある薄闇《うすやみ》を通して、ベッドの上に人影が見えた。

「ロ、ロビン？」

「そうだよ。腹が減って死にそうだ。まったく、こんな時間までどこに行ってたんだよ。約束しただろう？」

子供のように高い声で文句を並べたてるのを聞きながら、ユウリは手元にある電気のスイッチを入れる。

ぱっと明るくなった部屋の中、ロビンは、ふてくされた顔で腕組みをしながらベッドの上に胡座《あぐら》をかいていた。

「何度も言うけど、俺は、お前がいないと食えないの！」

駄々っ子のような言い草に、ユウリの口からため息がもれる。どういうわけか知らないが、ロビンはユウリがいないと食堂に下りない。何か深い訳があるような気がするし、自分はその理由を知っているような気もするが、落ち着いて考えている暇がなく放《ほ》ったらかしにしていた。

「ロビン。僕には君と約束なんかした覚えは……」

言いかけて口を噤《つぐ》む。何かを思い出しかけたが、疲れすぎていて頭が働かない。

「なあ、そんな藁《わら》がつまったような頭で無駄に考えてないで、何か食おうよ」

ユウリの心のうちなどまったく意に介した様子もなく、ロビンが催促する。

「俺は腹が減っている」

ユウリは、脱力した。「なんだかなあ」と情けなさそうに呟《つぶや》いて諦《あきら》めたように上着を脱ぐと、ネクタイを緩めながら電子レンジで温めるだけのカレーやピラフ、リゾット、お粥《かゆ》などのレトルト食品を引っ張り出して並べてみせた。その中からロビンの選んだカレーと自分のお粥を持って、給湯室に向かう。

寮の食堂では朝昼晩と三食用意されているが、メニューが気に入らなければ食べる必要はない。給湯室には電子レンジがあるので、各自が自力で仕入れてきた食事を温めて食べてもいいのである。ちなみにユウリは、大学に通うために日本に戻っている三つ年上の姉が、一か月に一度の割合で送ってくる日本製のレトルト食品やインスタント食品を山のようにストックしている。

五分ほどで食べられるようになった便利な食料を持って部屋に戻り、二人はベッドに並んで食べ始めた。

「それはそうと《ホレハホウト》、お前《オマヘ》、こんな時間まで《ホンナリカンマヘ》、何やってたんだ《ナニヤッヘハンラ》？」

ロビンが言った。口の中の熱さをこらえるせいで、ハグハグした発音になっている。

「ああ」

忘れかけていた重大なことを思い出して、ユウリはスプーンを下に置く。

「忘れてた……。大変なんだった」

急に悄然《しょうぜん》としてしまったユウリに、頬張《ほおば》ったカレーを噛《か》み砕《くだ》きながらロビンがハシバミ色の目で「何？」と訊《き》く。ユウリはちょっとためらったが、ロビンなら詳しい事情を話さなくてもいいような気がして、状況だけを話して聞かせた。

「ふうん。赤ちゃんをねえ。人間ってのは、相変わらずひどいことをする」

話を聞き終わったロビンは、空のカレーの皿を前にそんな感想を述べた。ユウリは、煙るような漆黒の瞳《ひとみ》を向けた。

「……人間はって、それじゃあ、まるでロビンは、人間じゃないみたいだよ」

訝《いぶか》しげに言ったユウリに、ロビンがニヤッと笑いかける。その時ハシバミ色の瞳が金色に光ったように思えて、ユウリは軽く目をみはる。

「放《ほう》っておけばいいじゃん。どうせその母親にとっては、子供が邪魔なんだからさ」

陽気な口調で言われた言葉に、ユウリは暗鬱《あんうつ》な気持ちになった。黒い巻き毛に雪のように白い肌。白雪姫を髣髴《ほうふつ》させるセシリアとは、あまり親しく話したことがない。リズから事件を聞かされて、彼女はどんな気持ちになるのだろう。少しは子供の心配もしてくれるといいのだが――。

「それより、俺と遊ぼうよ。せっかく友達になったのに、お前ってば、あんな女にかまけてばかりで、つまんないや」

物思いに沈んでいたユウリに、ロビンの拗《す》ねた声が聞こえた。

(あんな女?)

誰のことかと考えながら、ユウリはロビンを諫《いさ》める。

「そういうわけにはいかないよ。セシリアがどう思っているかは知らないけど、子供には罪がないんだから」

珍しく剣呑《けんのん》なユウリの様子に、ロビンは首をすくめて舌を出す。反省した様子はまったくないが、ちょっと考えてから、ポツリと呟《つぶや》いた。

「チェンジリング……」

「えっ?」

相手の言わんとしていることを理解できずにいるユウリをよそに、ロビンが自分を納得させるように繰り返した。

「いらない子供なら、チェンジリングしてもいいかなあ」

「チェンジリングって?」

訊《き》き返《かえ》しながら、隣に座るロビンを覗《のぞ》き込《こ》んだユウリは、ギクリとその場に固まった。

ロビンの目が光っていた。ハシバミ色の瞳《ひとみ》が、灯火の弱い光の中で金色の輝きを帯びていたのだ。それは、どう考えても人間にあるまじき現象だ。

「ロビン……」

ユウリは、腰を浮かせて後退《あとずさ》りする。

そんなユウリを見て、ロビンがクスッと笑う。ふわりと浮いた薄茶のくせ毛の間から、やけにとがった耳が覗く。

「ロビン、君は——」

その時、コンコン、と部屋のドアが遠慮がちにノックされた。

「ユウリ。戻っている?」

聞こえてきたシモンの声。

ユウリは、息を詰めたままドアとロビンを見比べた。

「ユウリ?」

シモンの声に、危ぶむ色が混ざる。

それでも、ドアに寄れないでいたユウリに、ロビンが言った。

「呼んでるけど？」

悪戯《いたずら》っ子《こ》のように笑いながら顎《あご》をしゃくる。

ユウリは、戸惑いを浮かべた瞳《ひとみ》でロビンを一瞥《いちべつ》してから、慌ててドアを開けに行く。

応接間の明かりを背にして、シモンがすらりとした端麗な姿で立っていた。ネクタイは外し、絹織りの柔らかそうな薄手のカーディガンを羽織っている。

「ああ、いたんだ。夕食に来ないから心配したよ」

言いながら、シモンはちらりと室内に目をやった。

「誰か来ていたのかい？」

「え、ああ、ロビンが……」

応じて振り返ったユウリは、驚いて息を呑《の》み込《こ》んだ。

部屋の中には誰もいなかった。

食べ散らかしたお皿は、さっきと同じ場所にある。ただ、その前にいたロビンの姿だけが、忽然《こつぜん》と消えうせていたのだ。

窓が開いていて、夜風がすっと通り抜けた。

「また、ロビンか」

うろたえたユウリを、シモンは困ったように見下ろした。

「最近、彼と二人で食べることが多いけど、何か理由があるのかな。仲が良いのはいいけど、同室のラントンが、自分に対して気に入らないことでもあるんじゃないかと気にしているよ」

「……そうだよね。気をつける」

ユウリは、言葉だけで返事をする。起きたことを考える以前に、頭が麻痺《まひ》したように動かなかった。熱に浮かされたような様子で生返事をするユウリに、シモンは眉《まゆ》をひそめた。心なしか、顔色も悪く見える。

「ユウリ、具合が悪い？」

「え？」

ユウリがぼんやりしながら見上げたのと、シモンがユウリの前髪に手を差し入れたのは、ほぼ同時だった。

「熱はないみたいだけど……」

額に手を当てていたシモンが、心配そうに覗《のぞ》き込《こ》んでくる。

「だ、大丈夫。ちょっと疲れているだけ。今日は、もう寝るよ」

「そうだね」

シモンもあっさり言って、扉に手をかける。

「考え事は明日にして、ゆっくり眠るといい」

まるですべてお見通しのような忠告に、ユウリはひやりとさせられる。同時に何もかも打ち明けて相談に乗ってもらいたいという誘惑にかられたが、リズの顔を思い出してなんとか思いとどまった。

「おやすみ《ボン・ニュイ》」

挨拶《あいさつ》をしながら頬《ほお》にキスしてくれたシモンに、ユウリもフランス語で応じる。

「おやすみ《ボン・ニュイ》」

パタンと音をたてて閉じられた扉を見つめ、ユウリは長く息を吐いた。それから取って返して窓から外を覗《のぞ》くが、ロビンの小柄な姿はどこにも見当たらなかった。

（ロビン・G・フェロウ……）

ユウリは、夜に溶ける漆黒の髪を風に遊ばせながら、なおもしばらく窓辺で考えた。

（彼の正体は、なんだろう）

少なくとも、人間ではないようだ。かといって幽霊とも思えない。ヒントは、ロビンの残した言葉にありそうだ。

チェンジリング――――。

そこでユウリは、よけいな考えを吹き飛ばすように首を振った。

それよりも先に、セシリアの赤ちゃんだ。

もう学校内にはいないのだろうか。いや、そうは思わない。何か根拠があるわけではないが、ユウリは赤ちゃんがまだこの学校にいると感じていた。しかし、そうはいってもほかに捜すべき場所は思いつかないのだが……。

最悪の場合、リズとセシリアに連絡を取って事を公にすることも考えなくてはならないだろう。本来なら今すぐにでもそうすべきなのだろうが、ユウリはここでもどうしてか、公にしたところで赤ちゃんは見つからないと感じていたのだ。

では、赤ちゃんは、どこに行ったのだろうか。

ユウリは、もう一度緩く首を振って、堂々巡りになりそうな思考に終止符を打った。

シモンの言葉ではないが、すべては明日だ。明日、もう一度心当たりを捜してみて、それから先のことを考えればいい。今は活力を取り戻すために眠らないといけない。

そう考えたのを最後に、ユウリの意識は深い眠りの底に沈んでいった。

第五章　見立て魔術

1

「ユウリ」

授業を終えて教室を出たところで、後ろからシモンに声をかけられた。

フランス語を選択しているユウリに対し、この時間、シモンはドイツ語の授業を受けている。はす向かいの教室から出てきたばかりのシモンは、一緒にいた生徒に手を挙げて挨《あい》拶《さつ》すると、残念そうな表情をした相手を残してユウリのそばにやってきた。

「体調は、どうだい？」

「平気だよ。一晩寝たらすっかりよくなった。それよりシモンこそ、朝から忙しそうにしていたけれど、何かあったの？」

朝食の席で呼び出されたまま戻ってこなかったシモンに、そのことを問う。

「まあね。来客があって、今君を呼び止めたのも、その件に関係しているんだ。それで、ユウリは、昼休み、時間を取れるかい？」

ユウリは、逡巡《しゅんじゅん》した。早く赤ちゃんの捜索に取りかかりたいが、シモンの誘いを無下にするのは嫌だった。

「少しなら……、何があるの？」

「実は、ある人に頼んで、朝からあの絵に対してちょっとした実験をやってもらっている。君も興味があるだろうと思って」

「あの絵って、あの絵？」

ユウリが眉《まゆ》を下げて毛虫でも飲み下したような表情で見上げたので、シモンは笑いをこらえるように口元に手を当てた。

「そう。あの絵。執務室に置いてあるユウリの嫌いな母親の肖像画」

肯定するシモンに、ユウリは呆《あき》れたように黒い瞳《ひとみ》をみはった。

「あの絵に、何をしたって？」

「だから、ちょっとした実験を……」

ユウリは、シモンの大胆さが信じられない時がある。あの絵に細工を施すのは、怒っているライオンの尻《しり》を針でつつくようなものだ。

「心配しなくても平気だと思うよ。僕の推測が間違っていなければ、この作業は、あの絵の人物にとっても決して悪い話ではないんだ」

シモンはあくまでも平然としている。ユウリもそれ以上は言えなくて、シモンのあとに黙って従った。

二人は、学生会館の購買部でサンドイッチを購入してお昼をすますことにして、いったん校舎を出た。火曜日と木曜日は、近くのパン屋が焼きたてのパンを搬入するので、お昼はとても混雑する。押し合う人ごみの中にパスカルの姿を見つけて、ユウリは余分に買ったサンドイッチをロビンに届けてもらうことにした。一瞬怪訝《けげん》な顔をしたパスカルだったが、快く引き受けてくれる。オープンテラスで、サンドイッチを食べてから、ユウリとシモンは校舎三階の執務室を目指した。

オーク材のどっしりとした両開きの扉を開け一歩中に踏み込んだシモンが、そこで立ち止まる。遅れて入ったユウリも、目の前に広がった光景に唖然《あぜん》とした。

「これは、すごい《セ・シ・ボン》」

シモンが感心したように呟《つぶや》いて、部屋の中央へ歩いていく。

午後の陽射《ひざ》しが射し込む室内は、いつもと様子が違って妙に雑然としていた。ソファーセットのソファーがどけられ、テーブルが中央に動かされている。その周りに散らばる布や壜《びん》の山。窓が開いているにもかかわらず、部屋の中には何かの薬品臭が充満している。

その混乱の中心にいた人物の一人が、シモンの声に振り返った。二十代半ばくらいのすらりとした男性だ。

もう一人は、四十代半ばくらいか。黒い汚れや絵の具の染《し》みがついている白衣姿で、腰をかがめて何かの作業に熱中している。

若い方の男が、知的に見える細身の眼鏡の奥から柔らかい目で笑いかけてきた。

「やあ、シモン。やっと来たな。ところで、こちらは?」

シモンの後ろから入ってきたユウリに視線を移して、訊《き》く。

「友人のユウリ・フォーダムです」

少しつっけんどんに紹介してから、ユウリに向かって言った。

「彼は、カミーユ・ダルトン。こう見えても美術史の専門家でね。今はコートールドの研究所に所属している」

「やあ、ユウリ。ユウリって呼んでいいかい? 僕はカミーユでいいよ。手が汚れているから握手はできないけど、よろしく。こっちは、同じコートールドで働いている同僚のへズフォードだ。洗浄作業にかけては、彼の右に出る者はいない」

愛想《あいそ》よく言った英語がどこかフランス訛《なま》りで、ユウリは挨拶《あいさつ》を返しながらシモンと彼を見比べた。柔らかな話し方も、どこか共通したものがある。

「僕もフランス出身だよ。ベルジュ家とは付き合いが深くて、彼とは古い知り合いなんだ」

ユウリの視線の意味を察して、カミーユが説明する。

「そうでなければ、いくらベルジュ家の傍若無人な御曹司の言うことだからって、昨日の今日でこんな辺鄙《へんぴ》なところまで絵の修復に来いなんて我《わ》が儘《まま》が、そうそう通るわけがないからね」

「シモンが、傍若無人？」

ちょっと驚いて訊《き》き返《かえ》したユウリに、相手はにっこり笑って頷《うなず》く。

「そう。傍若無人。慇懃《いんぎん》無礼《ぶれい》とも言うかな？」

カミーユというどこかお洒落《しゃれ》で洗練された雰囲気の男は、相変わらず柔らかに笑いながら、きついことを平気で言う。

「君はまだ気づかないかな。こいつが甘い口調で優しく言うことは、よく聞くとすべて命令だったりするんだな、これが。いつだったか――」

「それで、成果は？」

羽が生えたように軽やかに話しだしたカミーユに、シモンが呆《あき》れたように横から口をはさんだ。

「ああ、そうだった」

本当に忘れていたように、カミーユが言う。

「シモン、すごいよ。これは本物だね。スリーパーだよ」

彼は振り返り、ヘズフォードに何事か伝えた。頷《うなず》いて身体《からだ》を起こした彼の脇《わき》から、カミーユが手を伸ばしてテーブルの上に散らばった布や紙切れを乱暴に床に落としていく。

やがて現れたものに、シモンもユウリも息を呑《の》んだ。

それは、あの絵だった。いや、あの絵であるはずだ。

揺りかごを前にした母親の肖像画。

しかし、絵の印象が変わっていた。絵自体が、ずいぶん変わっているせいであろう。描かれている人物はそのままに、暗い緑色の絵の具で塗りつぶされていた背景が、窓から陽光の射《さ》す明るい部屋に変わっているのだ。

手前のテーブルには、上品に並べられた小物の数々。誕生の祝いなのか、花やレースの小物、記念のメダルに時計といったものが描き込まれている。最初の印象とまったく違った華やいだ絵になっていた。

ユウリは、ふっと既視感《デジャビュ》を覚えて絵に見入った。

(なんだろう。何かどこかで見たような……)

その時、低くよく通る声が、室内に響いた。

「なんだ、ここは。すごいな」

総長のエリオットが、戸口から入ってきて発した感想だった。確かに部屋の中の散らかりようは、ひどい。規則には厳しいが外面的なことにはあまりこだわらないエリオットだからこの程度ですむが、これがグレイだったら大目玉を食らっていただろう。

「ベルジュ。後片付けもきちんと頼むぞ」

　それだけ言って軍人らしい足さばきで近づいてきた彼は、そこにある絵を見て小さく口笛を吹いた。

「信じられないな。これがあの絵か？」

　顎《あご》に手をやり、まじまじと絵に見入っている。

「いったいどうしたら、こんなふうになるんだ？」

　当然持つはずの疑問を、エリオットが口にした。何も知らない素人《しろうと》にとっては、この変化は驚異である。

「今朝がた紹介しましたが、彼、ヘズフォード氏は、絵の修復の専門家で、絵の色落ちや傷みを直すのが仕事ですが、それ以外に洗浄といわれる作業もこなします」

　カミーユが、シモンの説明を肯定するように手を広げた。当のヘズフォードは、凝った肩をほぐすように上下に揺らしている。

　それを横目に確認して、シモンは先を続ける。

「洗浄というのは、絵画に付着した汚れを落とすことが主ですが、それ以外にもさまざまな理由で絵に施された描《か》き足《た》しや上塗りを除去して、絵が持っていた本来の姿を取り戻させるということもするのです」

「描《か》き足《た》しや上塗りって、そんなことがあるの?」

びっくりしたように口をはさんだユウリに、シモンが優雅に手を挙げて応じた。

「ユウリ、名画の価値は出来上がった瞬間から普遍だったわけではないし、同じ時代でも価値に対しての振る舞いは一定ではないよ」

シモンの言っていることを今一つ理解できず首を傾《かし》げたユウリに、シモンがより具体的な例を挙げて説明する。

「つまり、たとえば、ある一枚の絵。見ているうちに何か自分の好きなものを描き足したくなったとしよう。それをする、しないは、もう個人の判断だ。過去の例にも、十七世紀の静物画家ヘダの精緻《せいち》な食卓の背景に、ロマン派が描きそうな重々しい空が描き足されたことがあって、それは、購入者の希望で洗浄され、元通りの質素な食卓の絵に戻って数十倍の価値をつけた。ほかにも持ち主が自分の好みに合わせて絵を変えてしまうことなんか、しょっちゅうあったことだと思うよ。そうやって、実物と違えられたまま世に出ている作品を、美術業界では眠れる名画《スリーパー》と呼んでいる」

「これも、そうだったというのか?」

エリオットが感心した口調で言う。

「そう。経緯はどうであれ、眠れる名画であったことは、確かです。ここにサージェントのサインがありますし……」

「なくても、これはサージェントだ。色合いといい表情といい、テイト・ギャラリーの『カーネーション、ユリ、ユリ、バラ』とほぼ同時代のものだろう。あそこがきっと欲しがるよ」

特に印象派に精通しているというカミーユが断言して、誰もが知っている美術館の名前を挙げた。

「しかし、よく分からないのだが、ベルジュは前にこの絵がサザビーズに出たと言っていたよな。あそこだって専門家が揃《そろ》っているわけだろう？」

さすがに総長だけあって記憶力もいいエリオットが、どうしてそこで分からなかったのかと首をひねる。心得たとばかりに、カミーユが応じた。

「実は、あの時も洗浄依頼の話はあったのですが、依頼主とサザビーズのディーラーが協議した結果、取りやめになったんですよ」

客を相手にした時のように少し言葉を丁寧にしたカミーユへ、エリオットがさらに質問を重ねた。

「なぜだ？　価値は確実に上がるのだろう？」

「確実かどうかは、分かりませんね。いや、むしろ下がる場合のほうが多いでしょう。洗浄作業は、一種の賭《かけ》ですよ。成功すればいいが、溶剤の配合を失敗して下絵まで傷つけてしまうこともあるし、本物とすれすれの価値があった偽物《にせもの》が、偽物としての価値すらなくしてしまったり、けっこう危険が大きいのです。それで、特にサザビーズやクリスティーなど老舗《しにせ》のオークションハウスは、洗浄を進んではやりたがりません」

話を聞いていると、ユウリには絵の価値がなんなのか分からなくなってくる。本物か偽《にせ》物《もの》かを決めるのは、描《か》いた本人ではなく目利《めき》きと呼ばれる他人なのだ。たとえ本人が趣向を変えて描いた絵でも、目利きが「違う」と言ってしまえば違う人の絵になってしまう。確率でいうと少ないのかもしれないが、あり得ないことではない。

そんなことを考えていたユウリの横で、またもやエリオットが質問する。

「もう一つ分からないのが、そもそもどうしてこんな、明らかに価値が下がるようなつまらない描き足しをやったのかということだが、君にはそれも分かるのか？」

エリオットの素朴な疑問に、カミーユの瞳《ひとみ》が眼鏡の奥で楽しそうに細められた。

「そりゃ無理というものです。犯人の動機を言い当てるようなものですからね。ただ、これがどういうケースかを推理するのは可能です。現にシモンが私に声をかけたのは、ある考えがあってのことだから」

そう言って視線を移したカミーユに、エリオットとユウリもシモンを見た。そんな状況に慣れているシモンは、たじろぎもせず続きを引き取った。

「エリオットは、以前、僕がこれが嫌な事例《ケース》だと言ったのを覚えていますか？」

「ああ。確かこの絵が、十九世紀の終わりに制作されてから百年近く、まったく人の目に触れなかったことを言っていたな」

　やはりエリオットは、記憶力がいい。ユウリは、今初めて思い出した。

「最初に僕が気になったのは、キャンバスの裏に記された絵の来歴を示す記号の一覧でした。右上には、この前も言ったように、最近の日付でニューヨーク・サザビーズの認識番号《ロットナンバー》が付されています。それ以外に、二つほど頭文字と番号があるのは、その前の持ち主たちが購入した画廊の記号だと思います。ただ、それ以外に一つ、気になる略称があるのです」

　すでにシモンから話を聞いているらしいカミーユが、シモンの話の途中から絵をひっくり返して、みんなにも裏が見えるようにした。

「ここです」

　そう言ってシモンが長い指で示した先には、黒く「ERR」と押印《おういん》されていた。

「ERR、なんの略だ？」

「エラーじゃないの？」

　ユウリが必死で考えた末に言った言葉は、カミーユをひどく喜ばせた。

「エラーね。そいつはいいや」

　この世の最高のジョークを聞かされたように笑う彼の横で、シモンの顔も笑っている。

「そう、ユウリの言うとおり、ある意味で人類最大のエラー集団だね」

シモンは、そう言い置いて、説明を再開した。

「これは、最近の美術業界では要注意の略称になります。つまりこれこそ、世に悪名高きナチの略奪集団、ローゼンベルク機関を表す頭文字だからです」

「ローゼンベルクの美術品略奪機関か」

唸《うな》るように言ったのは、エリオットにもその名に覚えがあるからだろう。

「そう、この絵は、おそらくナチに略奪されたものです。これはあくまでも推測ですが、この絵が目立たないように上から色を塗られたのは、持ち主がナチの目をごまかして略奪を逃れようとしたためではないでしょうか」

「なるほどね。それで制作者のサインも消してしまったんだ」

「でも、結局は奪われてしまった……」

ユウリの呟《つぶや》きを聞いて、シモンは残念そうに頷《うなず》いた。

「そうだね。おそらく、戦後、ソビエトの手に落ちて隠匿されていたのが、最近になってロシアから流れたのだろう。かつてのKGB《ケージービー》がマフィアとなって東欧やアメリカに渡る際には、エルミタージュに眠る膨大な数の略奪品を手土産《てみやげ》に持参するというのは、昨今有名な話だ」

付け足されるシモンの説明を遠くに聞きながら、ユウリは奪われた物について考えていた。

(奪われたのは、絵だけだろうか?)

そんなことはない。家や家財、あるいは家族だって奪われた可能性はある。

(家族――――?)

その時、ユウリは床に散乱する物の中に奇妙なモノを見つけて、はっとした。橙色《だいだいいろ》をした小さいモノは、よく見ると赤ちゃんがくわえるおしゃぶりのようだ。

(なんで、こんなものが?)

床から拾い上げて見つめるうちに、ユウリの中に、ある可能性がひらめいた。

(ハワードは、事件の夜、赤ちゃんをここに連れてきたのだろうか)

それならば、これが転がっていたことにも納得がいく。赤ちゃんがハワードと一緒にここにいたのなら、ハワードが何かに襲われた時もいたことになる。けれど、階段を落ちたのは、ハワード一人のようだ。

(では、赤ちゃんはどこへ行った?)

(**私の赤ちゃんはどこ……?**)

ユウリは、ぎょっとした。

頭の中で、自分の発した問いに重なる女の声があったのだ。夢の中で聞いた声だ。

子供を捜すのは、いつでも母親と決まっている。過去も現在も未来も。夢の中でだって、それは同じである。

そこでユウリは、件《くだん》の肖像画に目をやった。

(あれは、いつからだった?)

絵の中で、優しく微笑《ほほえ》む母親の視線。その視線が揺りかごの中の赤ちゃんに向けられたのは、いつからだったろうか。

この視線の先には、愛らしい赤ちゃんがいるはずである。母親が揺りかごを見て微笑むのは、そこに赤ちゃんがいるからだ。では、母親がこっちを睨《にら》みつけていた時には、赤ちゃんはどうであったか。

(最初に僕がこの絵を見た時は、母親は揺りかごではなくこっちを見ていた。それが、揺りかごに戻ったのは、いつのことだろう)

ユウリは、ここ数日の出来事を考えた。

(もしかして、それは、ハワードが怪我《けが》をした晩からなのではないだろうか?)

こっちを見ていた時、揺りかごに赤ちゃんはいなかった。しかし視線を揺りかごに移した時には、赤ちゃんがいる。

なぜなら、彼女は、赤ちゃんを手に入れたからだ。

ユウリは、母親の穏やかな微笑を見つめながら確信していた。

(捜している赤ちゃんは、きっとこの絵の中だ――)

2

「アシュレイ、教えてほしいことがあるんだけど」

そう言って、ノックもせずに飛び込んだユウリは、その場で呆然《ぼうぜん》と立ちすくむ。悲鳴とも喘《あえ》ぎとも取れる息のような声に、小さな舌打ちが重なった。

「悪いが、ドアを閉めてくれ」

続くアシュレイの声に、ユウリは半ば無意識のうちに従っていた。後ろ手にドアを閉めたものの、次の行動に移れずその場にとどまる。

相変わらず、そこらじゅうに置かれた稀覯本《きこうぼん》の山。壁には十九世紀のイラスト画が多くかけられ、サイドテーブルの上に中国茶器が整然と並べてある。半分ほど開いたカーテンの間から午後の陽《ひ》が射《さ》し、退廃的な部屋の空気に不可思議な生彩を与えている。

光と影のコントラスト。

そこにあふれる官能の匂《にお》い。

思考力が麻痺《まひ》したまま、陽光に抱かれ派手な色彩のソファーの上で折り重なる二つの影を、ユウリはじっと凝視した。

むせ返るような享楽の香り。

ふいに目の前で起こっていることを理解し顔を赤くしたユウリは、自分が取るべき行動に思い至って、くるりと部屋に背を向けた。

「お邪魔しました。出直します」

そう言って閉めたばかりのドアに手を伸ばすユウリを、アシュレイの声が引き止める。

「急いでるんじゃないのか？」

ちょっと意地悪い響きを帯びた台詞《せりふ》に振り返れば、半身を起こしたアシュレイが乱れた青黒髪《ブルネット》の下から瞳《ひとみ》を妖《あや》しく光らせて、ユウリを見ていた。

「俺の部屋にノックもせずに入ってきたのは、お前が初めてだな」

「ごめんなさい」

視線のやり場に困ってあらぬ方を見ながら応じるユウリに、アシュレイは楽しげに続ける。

「しかも、この状況でそのまま居残るっていうのも、いい根性だ。よほど気が急《せ》いているのか、ただの天然ボケか。お前の場合、どっちとも言える」

事実なので何も言えずに黙っていると、アシュレイがくっくっと笑った。

「まあ、いいさ」

落ちていた衣服を拾い上げてソファーに横たわる相手に投げながら、その人物に向かってあっさりと言う。

「お遊びは終わりだそうだ」

アシュレイの言葉に諦《あきら》めたように嘆息した相手は、大急ぎで身づくろいしてソファーを下りた。ユウリの脇《わき》を軽く会釈《えしゃく》しながら通り過ぎていったのは、まだ頰《ほお》に幼さが残る金髪碧眼《へきがん》のきれいな少年だった。

見かけない顔。おそらく他寮の人間だろう。

少年が出ていく姿を見送りながら、ユウリは複雑そうな顔をする。無粋な真似《まね》をした自分と年端《としは》もいかぬ少年と不埒《ふらち》な振る舞いに及ぶアシュレイ。どちらにより多くの憤《いきどお》りを感じているのか分からなかった。結局、恋愛は本人たちの自由であると思い至って、ユウリは自分の非を受け入れる。

「邪魔してしまって、すみませんでした」

素直な気持ちで謝罪したが、アシュレイは曲解した。

「そりゃ、嫌みか？」

問われて慌てて首を振ると、鼻で笑われた。

「お前に言われちゃね」

こちらに向かってゆっくりと近づいてきながら、アシュレイが言う。

「これでも、珍しく落ち込んでたんだぜ。ベルジュの奴が、まんまと寮長の座を取り戻すわ、絵を横取りするわで、すっかり俺の計画を台なしにしてくれたからな。プライドが高いだけのお坊ちゃんかと油断していたら、あのお貴族サマは、なかなかどうして貪欲《どんよく》でいらっしゃる」

口元に冷笑を浮かべながら、乱れた青黒髪《ブルネット》をかきあげた。

「それで、お前は、今さらなんの用があって来たんだ？　絵のことならベルジュが動き回っているだろう」

間近に立ったアシュレイのボタンをかけてないシャツから、浅黒い引き締まった胸板が覗《のぞ》いている。行われていた行為が行為であるだけに、そこには同性のユウリですら直視できない艶《なま》めかしさがあった。ドキリとして顔を赤らめたユウリは、避けるようにそらした視線でアシュレイの顔を見上げる。

「子供を取り返したいんです」

「子供？」

「まだ生後間もない赤ちゃんですが、奪われてしまって、なんとしても取り返したいんです。何か方法を知りませんか？」

訝《いぶか》しげにユウリのことを見ていたアシュレイが、細めた目の奥で青灰色の瞳《ひとみ》を妖《あや》しく光らせた。

「それを俺に訊《き》くってことは、奪った相手はこの世界の住人じゃないようだな」

確認されて、一瞬戸惑ったユウリは、やがて頷《うなず》いた。

「なるほど」

ユウリの返事に満足そうな様子を見せたアシュレイには、先刻までの憂愁の色は微塵《みじん》も感じられない。やけに生き生きとした表情で、何事か考えている。

「一つ訊《き》くが、生後間もない赤ちゃんと言ったな。それは、ハワードとセシリアの子供だろう。どうしてお前が捜すことになったんだ？」

「アシュレイは、知っていたんですか？」

ユウリは驚いた。しかし考えてみれば、階段での一件といい寮《ハウス》での騒ぎといい、アシュレイがハワードを動揺させたのも、事実を知っていたとなれば納得がいく。

「まあな。おかげで、ハワードにはとんだ災難だったようだが、自業自得《じごうじとく》だろう。それより質問に答えてもらおうか。なぜ、お前がハワードの子供の件に関《かか》わっているんだ？」

「友達に頼まれたんです。孤児院の子で事情を知っている子が、赤ちゃんを心配してこの学校まで様子を探りに来たことがあって、その子に頼まれたんです」

アシュレイは、面白そうに目を細めた。その友達とやらに興味を引かれたのは明らかだったが、問題の解決を優先するユウリに応じて言う。

「せっかく頼りにしてもらったんだがね、今回はどうもよくないな。魔術的に奪われた人間を取り戻す方法は、確かにある。曜日に合わせた悪魔か天使を呼び出すのが一般的で、ほかに念術で移行するという手も聞いたことがある。しかし、どれも儀式だけが大げさで実践向きとは思えない」

ユウリが落胆しかかった時、アシュレイが思い出したように付け加えた。

「ああ、そういえば、余談だが、変わったところで、『取り替え子《チェンジリング》』の話がある」

「チェンジリング⁉」

予想以上に驚いたユウリの顔を、アシュレイが目を丸くして見る。

「なんだ？」

「ううん。ただ、チェンジリングってなんだろうって思っていたから……」

「知らないか？　妖精《ようせい》の取り替え子のことだよ。生まれたての子供を妖精がさらっていくっていう、妖精譚《フェアリーテイル》の一種だ。妖精は子供の代わりに木の枝や自分の醜い子供を置いていくらしいが、最初は妖精の魔法《グラマー》のせいで分からない。しかし妖精の魔法は落ちやすくて、すぐにも正体がばれるそうだ」

アシュレイは本棚の前へ歩いていって、指先でいくつかの背表紙を撫《な》でた。

「妖精……？」

ユウリが呟《つぶや》く。その言葉は、つい最近耳にしたばかりのような気がしてならない。

「確かこの辺に本があったはずなんだが……。ああ、これだ」

窓際《まどぎわ》の棚に緑色の背表紙の本が並べてあり、その前で立ち止まったアシュレイが中の一冊を引き出した。

「イギリスの民間伝承を集めた本だ。妖精《ようせい》の項目に『取り替え子《チェンジリング》』があって、確か妖精から赤ん坊を取り返す方法も書いてあったはずだから、読んでみな。ただし、あくまでも民間伝承だから、役には立たないだろう。まあ、参考程度だな」

ポンッと投げ出された本を受け取って、ユウリはパラパラと中を見た。あるページをめくった瞬間、飛び込んできた単語に目を奪われる。

心臓がドキドキしてきた。秘められた暗号を見つけたような興奮が、体内を駆け巡っている。

「ロビン・グッドフェロウ……？」

横でアシュレイが読み上げた。

「悪戯《いたずら》妖精か。それがどうかしたのか？」

いつの間にか、驚くほど近くに立ってユウリの手元を覗《のぞ》き込《こ》んでいた彼は、本から目を上げて身近にユウリを見据えた。ちょっとたじろぐように一歩退いたユウリは、そのまま本棚に背をぶつけてしまう。

「アシュレイは、ロビン……、このロビン・グッドフェロウっていう妖精を知っているんですか？」

「知っているも何も、イギリスでは、レプラコーンやバンシーと並んで有名だからな。シェークスピアの『真夏の夜の夢』に出てくる妖精パックだって、このロビン・グッドフェロウの別名だからな。ルネッサンス期に魔術に関する本を書いたレジナルド・スコットの記述から引用したものだよ」

ユウリは、感心した。さらに読み進もうと視線を落とすと、アシュレイが素早く本を取り上げて閉じてしまう。呆然《ぼうぜん》とするユウリに本を戻して言う。

「貸してやるから、部屋に帰って読みな」

「借りていっていいんですか？」

「ああ」

門外不出といわれるアシュレイの蔵書を借りるというのは、すごいことだった。もちろん、人格的なものもあるのだが、本に関する限り、多くは金銭的なものである。アシュレイの持っている本は、稀覯本《きこうぼん》が多い。どれも愛好家《マニア》の間では、驚くほどの高値で取り引きされるものばかりだ。

「それよりも、続きだ。そもそも、お前は、何が赤ちゃんを奪ったと考えているんだ？」

アシュレイの問いかけに、ユウリはすっと目を伏せた。煙るような漆黒の瞳《ひとみ》が、深さを増して神秘的な色を帯びる。

「……絵です」

「絵って、あの絵か？」

この場合、それ以外に考えられないが、アシュレイは半信半疑で確認した。

「なんで、そう思うんだ?」

「夢を見るんです。絶滅収容所の……。誰かが子供を捜している」

ユウリは、伏せていた目を上げてアシュレイを見つめた。

「あの日、図書館でアシュレイの言葉に惑わされてから、ずっと見続けています。アシュレイは、あの絵がナチに略奪されたものであることに気づいていたんでしょ? だから僕に術をかけた」

アシュレイは、肩をすくめた。

「ナチの略奪品だってことは、ベルジュが調べたんだな?」

逆に問われて、ユウリは頷《うなず》く。

「さすがに、やることが早い。今日も朝から何やらやっているようだし」

背に当たる本棚に寄りかかって、ユウリは力を抜いた。いろいろなことが一気につながろうとしている。

スッとユウリの頭の両横に手をついて間近に覗《のぞ》き込《こ》んだアシュレイが、瞳《ひとみ》を光らせてそそのかすように言った。

「もし、お前がその赤ちゃんを取り返すために絵の中に入るというのなら、方法はある」

蠱惑的《こわくてき》なアシュレイの魅力に引き寄せられるように、ユウリは相手を見つめ返した。

「どうやって……」

「見立て魔術だ」

「見立て魔術？」

「そう。あるものを別のものに見立てることで、それが同一の働きをするように仕向けることだ。たとえば……」

アシュレイは、きびすを返してアール・ヌーヴォー風のサイドボードの上から精巧な陶磁人形《ビスクドール》を取り上げた。

「呪《のろ》いの人形。この中に、お前の髪を入れて焼く。髪でなくても血とか精液とか、その人物の一部であればいい。まあ、呪い殺すとかではなく、ちょっと何かさせるくらいの成就《じょうじゅ》すべき行為がさほど難しくなければ、こうして名前を書いた紙を貼《は》り付《つ》けるだけでもいいだろう」

そこで言葉を切ったアシュレイが、近くにあった短冊《たんざく》のように細長い紙に、さらさらとユウリの名前を書き込んだ。それを人形の背中に貼り付けて戻ってくる。

「これで、この人形はお前、ユウリ・フォーダムに見立てられたわけだ」

低い声で耳元に囁《ささや》かれ、ユウリは何か変な気分になる。人前にすべてをさらけ出しているような、あるいは魂を預けてしまったような、そんな心もとない感覚である。

不安そうなユウリに目を据えながら、アシュレイが人形の滑らかな陶磁の首筋を艶《なま》めかしい手つきで撫《な》で上《あ》げた。

とたん、ユウリの身体《からだ》に震えが走る。

気のせいとも思えない。首筋に感じたリアルな感触に、ユウリは慌ててアシュレイの手から人形を取り上げた。

「……分かりました」

言いながら、大急ぎで名前の書かれた紙をはがす。それを手の中で握りつぶした時、遠くで鐘が鳴った。

午後の運動競技の時間である。ユウリは、ボート競漕《きょうそう》の練習に出なければならない。

慌てて暇《いとま》を告げるユウリの背に、アシュレイの声がかかった。

「またな、ユウリ」

3

ボート競漕《きょうそう》の練習を終えて部屋に帰ったユウリは、さっそく借りてきた本を開くと、声に出して読み始めた。

「取り替え子《チェンジリング》」

「妖精《ようせい》が人間の子供をさらい、代わりに妖精の子供や木の丸太、泥人形を置いていく。それには妖精の魔法《グラマー》がかかっているので、人間は自分の子供と思って育てる。妖精を追い払う方法は、鉄のはさみを置く。ピンで服を留める。周りで火を焚《た》く。

連れ去られた子供を取り返す方法は、三つの小麦の束に火をつけながら、子供を返さないと丘に火をつけると脅す……」

ユウリは、そこで考え込む。

(あの母親の場合、絵に火をつけると言ったら、返してくれるのだろうか?)

どうもそうはならない気がして、ユウリは首を振る。

「妖精祈禱師《きとうし》の術。焚き火をし、炎の中に粉末らしきものを投げ入れて、黒煙が上がったところで帽子を取って、鍵《かぎ》を片手に『出てこい、出てこい、出てこい』と三回唱えると煙の中に現れる。……粉末ってなんだろう?」

ユウリは、本を開いたまま大きく伸びをした。

書いてあることはどれも実用性を欠いていて、すぐに使えるようなものはない。さすがに民間伝承というだけあって、肝心なことは曖昧《あいまい》な表現で終わっているのだ。きっとヒントになるようなものが隠されているのだろうが、今一つ見えてこない。

むしろ気にかかるのは、もう一つの記述だ。

ロビン・グッドフェロウ。

悪戯妖精《いたずらようせい》。レジナルド・スコットによれば、家付き妖精である働き者のブラウニーの従兄弟《いとこ》である……。

(妖精か。なんで気がつかなかったんだろう)

ユウリは、転入生のロビンをどこで見たのか思い出していた。

孤児院に行ったあの日、自分を厨房《ちゅうぼう》に呼びに来た少年。顔をはっきりと見たわけではないが、あれがロビンだったのだ。妖精の器のそばにいた彼は、器の中の食べ物にひかれて姿を現したのだ。

ロビン・G・フェロウとロビン・グッドフェロウ。アナグラムにもならない簡単なアナロジー。

ロビンの正体は、妖精だった。

考えてみれば、彼を授業で見かけたことがない。いるのはいつも、食堂かユウリの部屋である。今だってヴィクトリア寮の第三学年《フィフスフォーム》以下の生徒が全員参加しなくてはならないボートの練習に、ロビンの姿はなかった。シモンの不在は話題にのぼったが、ロビンのことは誰も気にしなかった。いればいたで認識されるが、いなければいないで誰に問われることもなく認識されないわけだ。

(では、僕は妖精《ようせい》と友達になってしまったのだろうか)

ミセス・ケイトが言ったことを思い出す。妖精は、気に入った人間に自分の宝物を与えて友情の印とする。

けれど、ユウリは、ロビンから何かもらった記憶はない。

そこで、ふっと現実に戻って、ユウリは本に目を戻した。今は赤ちゃんを救い出す手立てを考えなくてはならない。

「妖精が、代わりに置いていくものには、丸太、泥人形があり、それには妖精の魔法《グラマー》がかけられているって、ここはもう読んだ――」

一度読んだところを繰り返していたユウリは、そこではたと気がついた。

「妖精の魔法?」

人差し指を唇に当て漆黒の瞳《ひとみ》を伏せたユウリは、次の瞬間「これだ!」と確信する。

要は、見方の問題だ。

別に、必ずしもこちらが取り戻す側ではなくてもいいのである。

そのことに気づいた時、格好のタイミングでロビンが部屋にやってきた。薄茶のくせ毛とハシバミ色の瞳《ひとみ》を見たとたん、ユウリは叫んでいた。

「ロビン・グッドフェロウ！」

それを聞いたロビンが、ニヤッと猫のように笑う。

「やっと分かったんだ」

言うが早いか、ロビンはトンッと床を蹴《け》って飛び上がり、くるりと一回転してから空中で胡座《あぐら》をかいた。

「お前ってば、てんで俺のことを見ようとしないから、いい加減頭にきて帰っちまおうかって考えてたとこだよ」

西に傾きかけた陽《ひ》が、室内をセピア色に染めている。ロビンの姿は、まるでおとぎ話に出てくるピーターパンのように幻想的だった。しばらく魅入られたようにその光景を見つめていたユウリは、ロビンが情緒もなく持参したサンドイッチの袋を開けて中身を取り出すのを目の当《ま》たりにして我に返った。部屋に置いてある電気ポットでコーヒーをいれてやりながら、妖精《ようせい》ロビンにしかできないことを頼んでみる。

「取り替え子《チェンジリング》の魔法？」

湯気の立つマグカップを受け取りながら、ロビンは鼻に皺《しわ》を寄せた。

「もちろん、知ってるよ。妖精族の基本だもん。だけど」

何か言いかけたが、コーヒーを飲んで、「うえっ」と不味《まず》そうに舌を出し、「牛乳の方が美味《おい》しい」と言ったロビンのために、ユウリは給湯室の冷蔵庫から牛乳を取ってきて注《つ》いでやった。

それから、話の続きを促す。

「だけど？」

「気に入らない」

「気に入らない？」

たった一言言われたことが、サンドイッチの味なのか、牛乳のことなのか、それとも妖《よう》精《せい》の魔法に関《かか》わることなのか分からず、ユウリは首を傾《かし》げて続きを待った。

「だって、そいつらは、子供を道具くらいにしか考えてないじゃん。そんな奴らのために、死んだ後も自分の子供を必死で捜し求めている母親から奪うのは、気に入らない」

説明を聞いて納得する。

確かにロビンの言うとおりだ。

ハワードはもちろん、セシリアにしたって、仕返しのために、まだ生まれて半年しか経《た》っていない赤ちゃんをこんなことに利用したのだ。母親のすることじゃない。

それは確かにそうなのだが――――。

「でも、ロビン。赤ちゃんにしてみれば、やっぱりこのまま絵の中に居続けるのは、よくないよ。よしんば無事に育ったとして、成長したらどうなると思う？」

最後の牛乳を飲み干しながら聞いているロビンを、ユウリは必死で説得する。

「セシリアだって、子供がどんなに大切か、きっと気づく。それにもしそうならなくても、人間はちゃんとこの世界で生きていける。けれど、絵の中に閉じ込められていたら、せっかく与えられた生を満喫することはできないんだ。そんなの、あの子が可哀相《かわいそう》だとは思わない？　あの子にはなんの罪もないのに……」

ベッドに腰掛けていたユウリは、目の高さでぷよぷよ浮かびながら頭をかいているロビンに、じりじりとにじり寄っていく。

「だから頼むよ、ロビン。あの子を助けるのを手伝って」

ユウリから逃れるように空中をすすすっと横滑りしていたロビンは、壁際《かべぎわ》に追い詰められるとそれに沿って横になりながら上っていき、天井につくと逆さになって動いていく。

その間ずっと胡座《あぐら》をかいて腕組みをして考え込んでいたロビンは、自分を追いかけて移動していたユウリが、ベッドの端から転げ落ちる様を目にすると、大きなため息をついてようやく腕を解いた。

「ああ、分かったよ。協力してやる」

痛さに顔をしかめ、すりむいた腕を舐《な》めていたユウリは、譲歩したロビンを喜色満面で振り仰いだ。逆さまに下りてきてユウリを抱え起こしてくれたロビンの首に、腕を巻きつけて抱きつく。

「ありがとう、ロビン。君って本当にいい妖精《ようせい》だね」

自分からは抱きつくくせに抱きつかれると鬱陶《うっとう》しいらしいロビンは、首に巻きついたユウリの腕を強引に引《ひ》き剝《は》がしてベッドに落とした。

「それより、協力するのはいいけど、いくら俺でも、絵の中の赤ちゃんを取り出すのは無理だよ?」

「あ、うん。それに関しては、ちょっと心当たりがあるんだ。任せてくれる?」

ハシバミ色の瞳《ひとみ》が疑わしそうにユウリを見た。

それでもロビンは、特にコメントもせず、身代わりにする木の枝を用意すると言って、窓から出ていった。

そしてその夜。

月の出が遅い夜の闇《やみ》の中、人けのない校舎の三階でユウリとロビンは並んで絵を見上げていた。修復が終わりすっかりきれいになった絵は、溶剤を乾かす意味もあって再び壁にかけられてあった。

初めて絵を目にするロビンは、木の枝を胸に抱えたまま面白そうに角度を変えて見ている。

洗浄作業の途中で抜け出したユウリも、アシュレイのところを訪ねたりしていたので最終的な仕上がりを見るのは初めてだ。昼に見た時より、人物の肌のくすみや汚れも落とされたようで、陽射《ひざ》しの中で微笑《ほほえ》む母親の笑顔が、一層美しくなっていた。

けれど、彼女のこの笑顔は、本来の笑顔ではない。ここにいる赤ちゃんを取り上げてしまったら、彼女はどうなってしまうのだろう。

確かに、ここにいるのは、彼女の本物の子供ではない。まがい物を手にしているかぎり、この絵の持つ不自然さは消えることがないだろう。しかし、まがい物と分かっていても、これほど慈《いつく》しみに満ちている彼女は、母としての情愛が深い女性なのだ。切ないほど慈愛に満ちた美しい笑顔なだけに、ユウリは心を締めつけられる思いがした。

（この笑顔を壊してしまうのは、自分なのだ）

けれど、それ以前にこの母親から幸福を奪ってしまった人間がいる。歴史の中では、記録にも残らない瑣末《さまつ》な出来事。六百万という膨大な数の不幸の中に埋もれ去った、一つの不幸な結果にほかならない。そのことが、ユウリを悲しくさせる。やり場のない悲しみと憤《いきどお》りの成れの果てが、この絵なのだ。

そんなことを考えながら絵を見ていたユウリは、再び奇妙な既視感《デジャビュ》に襲われた。

（なんだろう……）

何かを思い出さなくてはいけないはずなのに、それが何か分からない。焦燥にかられてユウリが頭を悩ましていると、横からロビンが声をかけてきた。

「そろそろ、やっちまう？」

「う……ん。そうだね」

喉元《のどもと》まで出かかった記憶がすっと引いていくのをもどかしく感じながら、ユウリは仕方なく同意する。確かに、今は赤ちゃんのことが最優先である。

「始めようか」

ユウリはポケットから折り畳み式のナイフを取り出すと、執務室の大きな窓の前に歩いていって木枠の一部を薄く削り取った。

こんなところをグレイにでも見つかったら大変だと、ちょっとドキドキしながら、ユウリは場所を移動して絵の前に立つ。新しく現れた陽光の降り注ぐ背景の窓に、削り取ったばかりの木屑《きくず》を貼《は》り付《つ》ける。

理論的には、これで見立て魔術が成立する。

ユウリは、もう一度、執務室の大きな窓の前まで移動すると、その前に立って大きく息を吐いた。

煙るような黒い瞳《ひとみ》を半眼に閉じて、いっさいの思考を停止する。

一度。

二度。

三度。

四度。

四度目に息を吐いた時には、ユウリの心は何も描《か》いてない画用紙のようにまっさらになっていた。これは、小さい頃に五つ年上の従兄弟《いとこ》から教わった呼吸法だ。知識も何もないまま身体《からだ》で覚えてしまった精神統一。

それから、覚えたばかりの儀式の呪文《じゅもん》を、ユウリは凛《りん》とした声で静かに唱えだした。

「火の精霊《サラマンドラ》、水の精霊《ウンディーネ》、風の精霊《シルフィード》、土の精霊《コボルト》。四元の大いなる力をもって、我を守り、願いを入《い》れ給《たま》え」

ユウリが言葉を紡《つむ》ぐたび、煙のような白い光が空間に躍る。それが行き先を求めるようにユウリの前で渦巻いていく。

「汝《なんじ》、閉じ込められし幼子のために、時空のベクトルを入れ替えよ。一次を二次、二次を三次、三次を二次、二次を四次へ、窓を違えて道を通じよ」

命令が唱えられると、たなびいていた白い光が一斉に窓に向かって流れ込む。

「アダ　ギボル　レオラム　アドマイ」

そしてユウリの口から、神の栄光を称《たた》える言葉が発せられた。

とたん。

パアアアアッと、窓に光がはじけ飛んだ。

空中に浮かんでユウリの行動を見守っていたロビンは、魔法が成立した瞬間、小さく口笛を吹いて興奮したように宙でとんぼ返りをした。

そのまま、ユウリの横に着地すると、二人は顔を見合わせて頷《うなず》いた。

まるで放電しているように時々白いプラズマが飛ぶ窓に手をかけて、ユウリはゆっくりと押し広げる。

開かれた窓の向こうには、暗い夜の学校は消えうせて、代わりにベージュに輝く不思議なトンネルが現れた。

覗《のぞ》いてみると、そのはるか彼方《かなた》にもう一つの窓が小さく見えている。

二人は、もう一度顔を見合わせてから、慎重な足取りで未知の環境に足を踏み入れていった。

4

消灯を過ぎて寝静まるヴィクトリア寮の階段を、シモンは一人で上っていた。

洗浄作業を終了したカミーユに夕食を一緒に取ろうと誘われ、外出許可を取ってブリストルまで出かけていたのだ。途中で血相を変えて部屋を出ていったユウリのことが気になっていたが、こちらから無理を言って呼び出した手前、カミーユの誘いを無下に断れず付き合った結果、こんなに遅くなってしまった。品行方正で優秀なシモンだから許されたようなもので、ほかの生徒であれば、反省文の一つも書かされていたに違いない。

シモンとしては、反省文を書くことくらい別になんとも思わないが、できれば今日中にユウリと話がしておきたかった。

一度、作業を抜け出して寮《ハウス》の部屋や自習室、図書館と捜してみたが、すれ違いなのか、どこにも姿が見えなかった。聞いた限りでは、午後のボート競漕《きょうそう》の練習には出席していたらしいので別に具合が悪いわけではないと思うのだが、様子が様子だっただけに、ちょっと心配である。

もう寝ていると思ったが、念のため、部屋に入ってすぐユウリの部屋を小さくノックした。返事はない。やはりもう寝ているのか。少し逡巡《しゅんじゅん》してから、ドアの取っ手に手をかける。わずかに開いて中の様子を探ったシモンは、次の瞬間、驚いて大きくドアを開いた。

暗闇《くらやみ》に沈むユウリの部屋に、人のいる気配はなかった。整然と片付けられたベッドは、人の寝た形跡もなく冷たい感触を残している。

闇の中でほのかに輝く髪をかきあげ、シモンは考え込んだ。その目が、ユウリの勉強机の上に留まる。近づいていったシモンは、そこに置いてある一冊の本を手に取って、理知的な目を細めた。

それは、イギリスの民間伝承を集めた本だった。

緑に金文字が浮かぶ立派な装丁は、おそらく全集の中の一冊なのだろう。二十世紀初頭の初版本。全部揃《そろ》っていれば、どれだけの値がつくか知れない。奥付を見るが、図書館の検印は見当たらなかった。

シモンの秀麗な顔に、訝《いぶか》しげな表情が浮かぶ。

図書館の本でないとすれば、これは誰の本であるか。ユウリのものでないのは確かだ。もちろん自分のでもないし、仲間内にもこんな本を持つような人間はいない。ただ一人、心当たりがあるとすれば――――。

(アシュレイか……)

門外不出といわれる彼の蔵書が、なぜユウリの机の上にあるのだろう。

シモンは、ひどく嫌な予感に囚《とら》われた。

(こんなものがこんなところにある夜に限って、ユウリの姿がないとはね)

大急ぎでページをめくっていたシモンは、中に付箋《ふせん》が貼《は》ってあるのに気がついた。誰が貼ったか知らないが、念のために目を通す。

そこは、妖精《ようせい》の取り替え子《チェンジリング》について書かれたページだった。

ユウリの机の椅子《いす》を引き、座って中を読み始める。

(生まれたての赤ん坊をさらっていく妖精……)

シモンの中で何かが引っかかる。腕を組んで考え込んだシモンの耳に、その時、そっとドアが開かれる音が聞こえた。

「ユウリ?」

てっきりユウリが帰ってきたのだと思っていたシモンは、入ってきた人物を見て驚く。

そこにいたのは、黒いパーカで髪を隠し、黒いジーンズを身にまとった孤児院のお転婆《てんば》娘《むすめ》リズだった。

「君、リズ?」

滅多なことでは動揺しないシモンが、次の言葉を探しあぐねて口を閉ざした。

「ベルジュ……」

相手も呆然《ぼうぜん》としたように呟《つぶや》く。

「えっ、ベルジュですって？」

リズの後ろから声がした。どうやら一人ではないらしい。

「シ」

甲高い女の声を辺り憚《はばか》らずあげた相手に、リズが後ろを向いて注意した。

「静かにして、セシリア。こんなことがばれたら、ユウリは退学になってしまうわ」

「セシリア？」

ようやく落ち着きを取り戻したシモンが、リズの背後に視線をやった。

これは、思った以上に深い訳があるようだ。そう見て取ったシモンは、とにかく話を聞こうと、二人を室内に招じ入れた。ドアを閉じてから、ベッドに並んで腰をおろした二人の来客をまじまじと見つめる。

二人が二人とも、全身黒い服である。闇《やみ》の中で動き回るのに、最適の服を選んだのだろう。椅子《いす》に足を組んで座り何も言わずに観察するシモンに、リズの緑色の瞳《ひとみ》が挑戦的に輝いた。

「ちょっと、訊《き》いていい？」

リズの挑むような声に、シモンは優雅に手を広げて先を促した。

「ベルジュがここにいるのって、ユウリがあなたに頼んだの？」

「なぜ？」

「なぜって……」

そう切り返されると思ってもみなかったリズは、ちょっと臆《おく》したように言葉を濁した。

「ああ、そうか。君がユウリに口止めしたんだね」

リズのためらいの理由をいとも簡単に見破って、シモンは確認した。返事がないのを肯定の証《あかし》とみて、彼女が聞きたがっているだろう答えを教える。

「安心していいよ。ユウリは僕に何も言っていないから。僕がここにいたのは、ただの偶然。ユウリに話があって来たのだけど、いなかったので待っていたんだ」

「そう。じゃあ、ユウリがどこに行ったか知らないのね？」

「そうだよ《ウィ》」

フランス語で肯定したシモンは、セシリアとリズを見比べてから、柔らかな表情で問いかけた。

「僕も質問をしていいかい？」

「ええ」

「もちろん」

しぶしぶ頷《うなず》いたリズに対して、セシリアが身を乗り出すように愛想《あいそ》よく言う。

黒々とした巻き毛に濡《ぬ》れたような紺青《こんじよう》の瞳《ひとみ》。雪のように白い肌が艶《なま》めかしく、「白雪姫《スノーホワイト》」とあだ名されて人気があるのも分からなくはない。しかし、シモンは何度か見かけたことのあるセシリアに、一度として異性としても人間としても魅力を感じたことはなかった。

むしろまだこの男勝りのリズの方が、健康的な魅力に満ちている。

「君たちがどうしてここに来ているのか、その理由が知りたい」

「理由は簡単よ。ユウリに呼ばれたから」

リズが、相変わらず挑戦的な態度を崩さず、応じる。シモンは机に肘《ひじ》をついて、彼女の緑色の瞳《ひとみ》を見返した。

「なるほど。それで君は、ユウリにどんな頼み事をしたんだい？」

一足飛びの質問は、リズを驚かせるのに十分だった。彼女はぽかんとした顔になってシモンに尋ねた。

「どうして、そこで急に、私がユウリに頼み事をしたことになるわけ？」

「当たり前だよ。そうでもなければ、ユウリが君を呼び出したりするはずがないからね」

「……へえ、ずいぶんな自信じゃない」

油断した表情を引き締めて、リズは再度挑戦的な顔になる。

「ユウリが私に会いたくて呼び出したとは、考えないわけ？」

「それは、ないよ」

秀麗な顔で優雅に微笑《ほほえ》んで、シモンは言った。誰もが魅了される笑顔に、セシリアのみならずリズまでが見惚《みほ》れてしまう。

「……まあ、確かに、小姑《こじゅうと》を連れてじゃ、逢瀬《おうせ》にもならないけど」

気勢をそがれたらしいリズが、肩をすくめて譲歩する。

「ちょっと、誰が小姑ですって？」

「あれこれ煩《うるさ》いし、面倒はかけさせられるし、小姑そのものじゃない」

リズが文句を言うと、目を吊《つ》り上《あ》げたセシリアが、ふんと横を向いた。

「内輪もめは家に帰ってからにしてくれるとありがたい。それより、話を戻すけど、さっきの話だと、君はユウリに呼び出されたものの、ユウリがどこで何をしているかは知らないのだね」

返答に間があった。それを逃すシモンではない。

「リズ。できれば事情を話してくれないか？　君もさっき言っていたとおり、君たちをこんなところに呼び出したことが公になったら、ユウリは本当に退学させられてしまう。君にとっても、それは不本意だろう？」

問われても、横を向いて唇を嚙《か》みしめているリズ。かまわずシモンは先を続けた。

「いいかい。どんな事情があるにせよ、ここまで来てしまったら、僕は君たちの頼み事を引き受けてあげる覚悟はあるよ。それがユウリの望みだろうから。リズが僕にどんな感情を持っているかは知らないけど、今はユウリのことを優先して考えてほしい。ユウリ一人が負うには、荷が勝ちすぎているように思うのだけど」

ふいに、リズが立ち上がった。ベッドを離れ部屋の中を行き来する。

「本当に、その自信はどこからくるのかしら。ユウリがベルジュの助けを求めているってどうして分かるの？」

リズはシモンの前で立ち止まって、顔の前で人差し指を立てた。

「望みどおり教えてあげる。私が頼んだのは、ユウリにある人に預けてあった赤ちゃんを捜してほしいということよ。確かにちょっと大変かもしれないけど、別に危険が伴うわけではないし、万が一、ユウリが赤ちゃんと一緒にいるのを誰かに見つかった時は、学校に乗り込んで全部事情を話すつもりだった。それのどこが、荷が勝ちすぎるっていうの？」

勝ち誇ったように言ったリズに、シモンが淡い金色の髪をかきあげた。話の途中から思案顔になっていたシモンは、聡明《そうめい》そうな水色の瞳《ひとみ》に憂慮を浮かべて、さまざまな情報をつなぎ合わせていた。

「一つだけ忠告させてもらうけど、世の中は常に相対的に動いているんだ」

シモンが言ったことを理解できず、リズは不愉快そうに眉《まゆ》をひそめた。

「それってどういうこと？」

「つまり、物事は、君が思っているほど、単純な構造ではないということだ。ユウリはもしかしたら、思った以上に危険な状態に陥っているかもしれない」

「できれば、もっと具体的に話してほしいのだけど？」

なにぶん、ユウリに関係したことである。リズの心に不安が募ってきた。

「それには、いくつか確認しておきたいことがある。赤ちゃんと言ったね。それはセシリアの子供かい？」

リズが黙ってセシリアを見た。それに対し必死で首を横に振るセシリアの態度で、答えはすぐに知れてしまった。

「言いたくないのならかまわないけど、他人を巻き込んで騒動を引き起こしているという自覚があるのなら、責任を逃れるような態度は好ましくないね」

シモンに突き放すように言われ、セシリアが紺青《こんじよう》の目を大きく見開いた。憐憫《れんびん》を誘うような悲しげな瞳《ひとみ》も、シモンの前ではまったく効力を発揮しないようだ。

「ついでに訊《き》くけど、相手はハワード？」

「なんで、そう思うの？」

「なんでって、君が解答をくれたようなものだけどね。ある人に預けていた赤ちゃんを捜してほしいとユウリに頼んだと言ったよね。ということは、預かっていた人物は、急にこの学校からいなくなり連絡が取れなくなってしまったと考えられる。この二、三日でその条件に当てはまる人物は、たった一人しかいないんだ。それが、ハワード」

リズは、悔しそうに頷《うなず》いた。

「確かにそう。私たちが捜しているのは、セシリアとハワードの子供よ」

断言したリズに、セシリアが非難の声をあげる。

「ひどいわ、リズ。誰にも言わないと約束したのに」

「それは分かっているけど、ベルジュの言ったことは筋が通っているわ。こんなふうに巻き込んでしまっている人には、きちんと真実を告げておくべきよ」

そう言われても不満そうなセシリアに、シモンが横から穏やかに言う。

「僕やユウリは、醜聞《スキャンダル》に興味がない。別に君とハワードに子供がいたからといって、それを吹聴《ふいちょう》する気もないし、それでハワードを脅す気もないから安心するといい」

「でも、ベルジュは子連れの女なんて、興味がないでしょ？」

この期《ご》に及んでまだ有望な男に媚《こび》を売るセシリアに、リズが呆《あき》れたように天を仰いだ。逆に、ここまでくれば立派なものだと褒めてしまってもいいくらいである。

シモンも鼻白んで、やんわり遠ざける。

「子連れでも魅力的な女の子には興味があるし、子連れでなくてもつまらない女の子には興味がない。そんなものだよ」

リズには、それが「君は子連れじゃなくても、興味がない」と言っているように聞こえて、思わず顔がにやけてしまった。それをごまかすように、話題を元に戻す。

「それで、ユウリに危険が迫っているかもしれないって、どういうことなの？」

「実はそれを説明するのは、非常にやっかいなのだけど、要するに、ハワードがある危険なモノに近づいて怪我《けが》をして、赤ちゃんはその危険なモノと一緒にいる。その赤ちゃんを危険なモノから取り戻すために、ユウリ自ら、その危険に飛び込んでいるとしたら？　ハワードが負ったような怪我、もしくはもっとひどい状態になる可能性もある」

「もっとひどい状態……」

リズがぞっとしたように、細い肩を震わせた。

「それにしても、ユウリはどこへ行ってしまったのかしら？」

「そういう事情なら、……僕に心当たりがある」

第六章　過去からの贈り物

1

執務室の窓をくぐったユウリとロビンは、飛ぶような足取りでベージュ色に輝くトンネルを抜けていく。はるか遠くに見えていた次の窓が、ぐんぐん近づいてくる。あっという間にその前まで来ると、二人は立ち止まった。

木枠で細かく区切られた装飾のない簡素な窓は、絵の中に見たのと同じである。どちらからともなく、窓越しに中を覗《のぞ》き込《こ》む。

不思議な気がした。

まるでトリック・アートでも見ているように、あの絵とそっくり同じ構図を後ろから描いた世界が広がっている。

こちらに背を向けて立つ女性。その横に置かれたテーブルには、祝いの品らしいブーケやレースの小物、メダルや時計が並べられている。

そしてさらに、その奥。

後ろ姿の女性の前に、こちらを向いた揺りかごがある。

「ユウリ、あれ」

耳元でロビンの声がした。それに対し、ユウリは力強く頷《うなず》いた。

揺りかごの中には、生後間もないであろう小さな赤ちゃんが、目を閉じてぐったりと横たわっていた。色彩の少しぼやけた風景の中で、そこだけが生々しい立体感を帯びている。

二次元の中の三次元——。

「間違いない、あの子だよ」

ユウリが確信に満ちた声で断言する。

「じゃあ、俺の出番だね」

舌で唇をペロンと舐《な》めて、ロビンが腕の中の枝を抱え直す。ユウリは、ちょっと不安になって、そんなロビンを見つめた。

「大丈夫？」

「任せろって。目にも留まらぬ速さで取り替えてくるから、お前はここで帰る準備でもしとけよ」

「準備なんかないけど……」

ロビンのあまりに軽々しい様子に不安が拭《ぬぐ》い去《さ》れないユウリだったが、今さら何を言っても始まらないので、窓の枠に手をかけた背中に声をかけた。

しかし。

「気をつけ――――」

最後まで言い終わらないうちに、窓の中からロビンが出てくる。忘れ物かと思ったが、ロビンの腕には枝の代わりに、ぐったりと横たわる赤ちゃんが抱かれていた。

「……て」

ユウリが最後の一語を言ったのは、ロビンが「帰るぞ」と声をかけて、もと来た方へ歩き出した後だった。

慌ててロビンのあとを追う。

「すごい、ロビン。感心したよ」

素直に感動するユウリに気分をよくしたロビンは、歩きながらちょっと反り返った。

「俺を誰だと思っているんだ？」

「妖精《ようせい》」

食いしん坊の、と心の中で付け足して、ユウリは答える。

「甘い！　ただの妖精じゃないぜ。妖精王の第一の従者で名高いロビン・グッドフェロウ様さ」

赤ちゃんを取り戻したことですっかり気が抜けていた二人は、ベージュ色に輝くトンネルをのんびりと歩いている。

「妖精王《ようせいおう》の？」

「そうさ。そのうちお前も王の宮殿に連れてってやるよ。絢爛《けんらん》豪華。食べ物は美味《おい》しいし、最高だぜ」

「………」

得意げに言うロビンに、ユウリは苦笑した。

妖精譚《フェアリーテイル》にありがちなパターンとして、妖精の世界に遊びに行った人間が夢のような生活からいざ戻ってみると、数百年が経過していたというのがある。日本の「浦島太郎」だ。その昔話を聞くたび、ユウリは、知っている人たちがみんないなくなってしまった世界に戻るのはちょっと嫌だと、思っていたのだ。

「それにしても、こいつ、大丈夫かね。ずいぶん弱っているみたいだけど……」

ロビンが、腕に抱えていた赤ちゃんに目を落として言う。ユウリは手を出して赤ちゃんを受け取ると、おでこに頬《ほお》をすり寄せる。

「そうだね。ちょっと熱があるかも。お昼に、母親を連れてくるよう友人にメールを打っておいたんだけど、忍び込めたかかな……」

(例の件、今夜引き渡せると思うので、消灯後、僕の部屋に来てください)

そんなメッセージと一緒に部屋の場所を記したメモを添付して、リズ宛《あて》に送信した。大胆なメッセージを送ってしまったと自分でも思うが、背に腹は代えられない。赤ちゃんの容態からして、一刻も早く母親の手に引き渡すべきだと思えるので、呼び出したのは正解だっただろう。

問題は、耳聡《みみざと》いシモンに見つかっていなければいいのだが……。

もっとも、仮に見つかったとして、ユウリは特に問題ないと思っている。シモンなら、非難するより先に、いい知恵を出してくれるに違いないからだ。

「到着！」

ロビンの声に顔を上げれば、いつの間にか執務室の窓の前に戻ってきていた。

ユウリは、ほっと息をつく。これで後は急いで部屋に戻り、リズに赤ちゃんを渡してしまえば万事修了のはずだった。

執務室に一歩、足を踏み入れるまでは――――。

「お帰り、ユウリ」

窓から戻った二人を、張りのある低い声が迎えた。

「ずいぶん楽しそうなことをしているじゃないか」

執務室の椅子《いす》に足を組んで座り背もたれに背を預けた男が、そう言った。夜に溶け込むような黒いチャイナ服に黒のカンフーシューズ。長めの青黒髪《ブルネット》を首の後ろで結んだ闇《やみ》の帝王のような男は、言わずと知れたアシュレイである。

「アシュレイ、どうしてここに？」

「たまたま部屋の窓から外を見ていたら、校舎の窓で尋常でない光芒《こうぼう》が走ったのが見えたんで、すっ飛んできたってわけだ」

アシュレイは回転式の椅子《いす》をくるりと回して横を向いた。

「なあ、ユウリ。俺は、昼間ボートの練習があるからと飛び出していったお前が、いつになったら誘いに来るかと首を長くして待っていたのだがね」

低い声で淡々と話すアシュレイに、ユウリは感じたことのない恐れを抱いた。窓の前に立ったまま、凍りついたように動きが止まっている。

アシュレイは、変わらぬ口調で続けた。

「いっこうに来ないから、仕方なくこちらから出向いてやれば、俺に相談もなく勝手に一人で動き出している。しかも――」

再び回転椅子を回し正面を向いたアシュレイは、立ち上がって近づいてきた。窓を背にしたユウリの前まで来ると、笑わぬ目で射すくめるように見下ろす。

その青灰色の瞳《ひとみ》に浮かぶ、神をも恐れぬ冒瀆的《ぼうとくてき》な光。

ユウリは、ごくりと唾《つば》を飲んだ。

「相棒は、こんなつまらんチビときた」

まっすぐにロビンを指して、吐き捨てる。

指されたロビンは、びっくりしたように目を大きく見開いた。ついで、ユウリに抱かれた赤ちゃんまでもが、アシュレイの放つ毒々しい空気に当てられたようにぐずりだす。

しかし、アシュレイは気にとめたふうもなく、ユウリを見下ろし続ける。

「いいか、ユウリ。俺は、あのお貴族サマほど寛大でも太平楽でもない」

ユウリの顎《あご》を乱暴に摑《つか》み、上向かせて顔を近づけた。

「利用されるだけってのは、いただけないね」

ユウリは、金縛りにあったように動けなかった。間近にアシュレイの顔を捉《とら》え、言葉もなく立ち尽くしている。

「うっ、えっく、えっ、えっ」

緊迫した空間に、赤ちゃんのしゃくりあげる声だけが響く。

と、そこへ――――。

「ちょっと、お取り込み中、悪いんだけどさ……」

やけに慌てた声で、ロビンが割り込んだ。「なんだ」という目で睨《にら》んだアシュレイに尻《しり》込《ご》みしながらも、ロビンが言う。

「なんか、気づかれちゃったみたいなんだよね」

「気づかれた？」

不機嫌もあらわなアシュレイの声が、それでも内容を把握するように言葉を反芻《はんすう》した。

思考まで凍りついていたユウリが、言われたことの意味を把握するのに時間がかかっている間、アシュレイが質問を重ねる。

「誰に、何を？」

「あの人に。……ほら、睨《にら》んでいる」

そう言いながらロビンが指さした方をアシュレイが振り返ったのと、少し前に我に返って事態を把握したユウリが「いけない！」と小さく叫んだのは、同時だった。

アシュレイは、青灰色の目を細めて、それを見た。

壁にかけられた一枚の絵。

実物を見るのはこれで二度目だったが、印象がずいぶん違っていた。背景が明るくなりすっかり華やいだ絵は、サージェントらしい瞬間の描写が際立《きわだ》つ絵といえる。

洗浄とはずいぶん大胆な発想だが、功を奏したシモンの機転にアシュレイも感心せざるを得ない。

この部屋に入ってきた時には、そんな感想を持った。目線を下に向けて、揺りかごを覗《のぞ》き込《こ》む母親。ついさっきまでは、確かにそんな絵だった。

それが、今――――。

目の錯覚ではない。絵の中の女性が、キッとした厳しい目をじっとこちらに向けている。その瞳《ひとみ》に宿る悲しみと憤《いきどお》り。

「へえ？」

この場にそぐわぬ愉快そうな呟《つぶや》きが、アシュレイの口からもれた。すぐにすっと身を引いて、ユウリと絵の女性を交互に見つめる。そうやって部屋の片隅で夜に溶け込むアシュレイは、まるで闇《やみ》の天使のように不気味で幻惑的である。

「えっく、ええっく、えええええっく」

緊張した空間で危険な空気を感じ取った赤ちゃんが、声を徐々に大きくしていく。

「えええっく、えええええっく、えええええっく……、うっ、うっ、うえええええええええええええええん、えええええええええええええええええええん」

ついに火がついたように泣きだした手の中の赤ちゃんをどうしていいか分からず、おろおろしながら揺さぶるユウリに、ロビンの切羽詰まった叫びが聞こえた。

「ユウリッ！」

驚いて顔を上げたユウリは、信じられないものを目にして棒立ちになる。

絵の中から突き出た両腕が、ユウリめがけて襲いかかってきたのだ。

「ユウリ、こっちへ」

叫んだロビンが手を伸ばすより早く、凶暴な腕が赤ちゃんを奪うようにユウリに摑《つか》みかかった。

ちっと舌打ちしたアシュレイが、暗闇《くらやみ》から一歩踏み出す。

その時、執務室の扉が乱暴に開かれて、半狂乱になった女が黒髪を振り乱して飛び込んできた。

「いやあああ、返してっ、私の赤ちゃんよ！」

紺青《こんじょう》の瞳《ひとみ》がらんらんと燃え柳眉《りゅうび》を吊《つ》り上《あ》げた形相は、さながら般若《はんにゃ》を思わせる。体裁も何も振り捨てた必死の様相のセシリアに、ユウリは最初、それが誰だかわからなかった。

セシリアは、我を忘れて叫びながら、ユウリと女の腕にはさまれた小さな赤ちゃんのところへ走り寄る。

「私の赤ちゃん、私の！」

「えええええええええええん、えええええええええええええん」

絵から伸びた腕に強い力で振り回されてついに後ろへ吹っ飛んだユウリを、後れて入ってきたシモンがすんでのところで支えた。広い胸の中で体勢を整えたユウリは、そこにシモンがいることにも気づかない様子で、赤ちゃんの行方を追う。

ユウリは、見た。

絵の中に引き戻されそうになっている赤ちゃんを、壁に片足をかけてふんばるようにしながらも、決して離そうとしないセシリア。歯を食いしばり額から汗を流しながら、必死に耐えている。

「セシリア！」

リズが叫びながら加勢しようと近づくのを、なぜかユウリが腕を引っ張って止めた。非難するように見返ったリズを、ユウリは静かに首を振って押しとどめた。

そして、見守るような視線をセシリアに向ける。

一歩後ろに立ったシモンも、ユウリに合わせるように腕を組む。実はシモンは、ここに来るまでに、セシリアを見直していたのだ。

初めは、自分の子供のことであるにもかかわらずいっこうに乗り気にならない彼女に苛《いら》立《だ》ちすら感じていたが、校舎まで来て赤ちゃんの泣き声が耳に入った瞬間、彼女の態度が一変した。必死の形相で真っ暗な階段を何度も転びそうになりながら駆け上がっていく姿は、鬼気迫るものがあった。けれどその姿は、今まで見たどんなセシリアよりも美しく見えた。

それゆえシモンには、ユウリの言いたいことがよく分かる。母親の執念に勝てるのは、母親の愛情しかない。だから、彼らは手を出さずにいるのだ。

また一引き。

赤ちゃんが、絵の中に引きずられる。

「いやああ！」

耳を塞《ふさ》ぎたくなるような絶望の声が、セシリアの喉《のど》をついて出る。

「私の赤ちゃんよ。私の赤ちゃん！」

再び身を乗り出したリズを、もう一度ユウリが引き戻した。苛立《いらだ》ちをみなぎらせたリズに、ユウリは煙るような瞳《ひとみ》を向けた。

「大丈夫。見ててごらん」

声には出さず、口の動きで伝える。驚いたリズは、言われたとおり、二人の競《せ》り合《あ》いを見る。

「お願い！　私から赤ちゃんを取らないで！」

セシリアが声を嗄《か》らして叫んだ瞬間。

すっと。

絵の中の力が消えうせた。

反動で尻餅《しりもち》をついたセシリアは、けれど、胸に深く赤ちゃんを抱きしめて離さなかった。

慌てて駆け寄っていくリズを、今度こそユウリは引き止めなかった。リズは、力を出し尽くして呆然《ぼうぜん》としているセシリアの傍《かたわ》らに膝《ひざ》をつき、赤ちゃんごと抱きしめる。

いつの間にか、赤ちゃんの泣き声はやんでいた。代わりに、母親の懐《ふところ》に抱かれて安心したのか、「きゃっ、きゃ」と嬉《うれ》しそうな声をあげている。

「ユウリ、あれ……」

ロビンの声に、無事に母親の手に戻った赤ちゃんを見ていたユウリたちは、顔を上げ指された方に視線をやる。

「——————!」

瞬間。

誰もが、息を呑《の》んだ。

絵の中で、午後の陽射《ひざ》しを受けて俯《うつむ》き加減に揺りかごを覗《のぞ》き込《こ》む母親。

彼女の目から、涙があふれ落ちている。

悲しみに沈んだ顔。

涙は、後から後から流れて落ちた。

「……シモン」

ユウリが、背後を振り返らずに声をかけた。ユウリには、やらなければならないことが、ようやく見え始めていた。

「彼女たちを任せてもいい？」

「それはかまわないけど、……何をする気だい？」

ちょっと心配そうな口調のシモンに、ユウリは涙を流しつづける絵を見つめながら静かに言った。

「僕は、彼女と話さなくちゃ」

それから、窓際《まどぎわ》に立つアシュレイに目をやって呟《つぶや》いた。

「救われないユダヤの魂のために――」

2

ユウリは、再びベージュに輝くトンネルを抜けた。

次の窓から部屋の中に入ると、そこは二次元の世界だった。

部屋に立って初めて知ったのだが、描かれた部分以外は、そこで切り取られたように茫《ぼう》洋《よう》とした空間が広がっている。逆に枠の中には、明るい午後の陽射《ひざ》しで彩《いろど》られた空間にのっぺりとした輪郭が描かれている。ブーケやレースの小物がのったテーブル。その横に、薄っぺらな背中とこちらを向いた揺りかご。

揺りかごの中には、赤ちゃんと同じ大きさくらいの丸太が投げ出してある。ロビンが身代わりに置いていったものだ。その様子は、そこが空っぽであった場合より、もっと異質で殺伐とした印象があった。

ユウリは困っていた。ここまで来たはいいが、この先どうしていいか分からずその場にぽつんと立ち尽くしている。

レースのついた濃い色の服の後ろ姿は、描かれた皺《しわ》や光沢までが物悲しく沈んでいるように思われた。彼女の正面の顔は、今も涙を流しているのだろうか。

ユウリは、そっと問いかけた。

「あなたは、何を泣くのです？」

返事はない。平板な後ろ姿は、ぴくりとも動かずじっとしている。それでも、ユウリは続けた。

「子供を捜しているんですよね？　僕に何かできることはありませんか？　あなたの悲しみが伝わってきます。悲しみだけじゃない。苦しみ、怒り、罵《ののし》り、そして切望……。あなたは何かを期待している」

ユウリの声が次第に熱を帯びた。

「僕では役に立たないかもしれないけれど、でもきっと何かできることがあるから、僕はここにいるんだ。そうは思いませんか？」

「…………」

再び沈黙が返った。しかし、今度の沈黙には心がこめられているように思えたので、ユウリはさらに言った。

「手伝わせてください。苦しんでいないで、心を解放してあげて――」

「……なぜ？」

ふいに、言葉が返った。か細い女の声である。

「どうして、あなたがやってきたの？」

ようやく意識を向けてくれた相手に、ユウリは考え考え説明する。

「僕には、あなたの悲鳴が聞こえました。暗い狭い場所で、生きるより死ぬことを望むような過酷な環境で、あなたは最後の瞬間まで子供の行方を捜していた。

いや、あれはあなただけの声じゃない。何千、何万という人が、ヨーロッパ中で同じ悲鳴をあげていたんだ」

夢で見た死体の山。

ゴミのようにうち捨てられ山積みされた人間の亡骸《なきがら》。

そこには、惨《みじ》めさの中で人間としての尊厳を踏みにじられた非業《ひごう》の死があった。

この世の地獄。人間がもっとも醜く見えた瞬間の記憶。決して忘れてはならない歴史の爪痕《つめあと》だ。

「でも、それは、記憶だけだ。魂はすべてを忘れて解放されなければ、救われない。あなたは、こんなところに忌《い》まわしい記憶と一緒にとどまっているべきじゃない。

あなたの望みはなんですか？　どうしたらあなたの魂は自由になるのです？　教えてください。あなたの身に起こったことを……」

すると、ユウリが見つめていた先で、平らな二次元の背中から、スウッと黒い塊が浮き出てきた。それがユウリの前までふらふらと漂ってきて、おぼろげな人形《ひとがた》を作り出す。

やがて、ぼんやりと女性の輪郭をかたどったものが、静かな口調で語りだした。

「――この絵のモデルは、私の祖母にあたるアンナ・シュロッテンだと聞いています」

女性にしては少し低めの声は、張りがあればさぞかしいい声であったに違いない。ただし今は、魂の疲労がそのまま反映したようにしゃがれて不明瞭《ふめいりょう》になっている。

「私の家族は、この絵が描《か》かれた十九世紀の終わり頃には、フランスの首都パリに住んでいたそうです。早くからユダヤ人解放に動いたパリは、私たちユダヤの民族にとって、まさに天国と言われた場所だったのです。

それなりに裕福に暮らしていた家族は、子供の誕生を記念して、母とその子——祖母と私の母のことですが——の肖像画を作ろうという話になりました。

そこで祖母は、当時、描いた絵がもとでスキャンダルを巻き起こし、パリの社交界から締め出しをくらった画家に、絵の制作を依頼しました。

祖母はとても心が広く優しい女性だったと聞いています。スキャンダルの原因となった絵の受け取りを拒否され困っていた画家は、母の申し出を喜んで受け、すぐにこの絵を描きあげたそうです。

彼は才能にあふれた画家で、実に素晴らしい作品に仕上がりました。

母親の喜びを描いたこの絵は、祖母の後は母が、母の次は私が、それぞれ子供が生まれた時に、こうしてお祝いをして受け継ぐことになりました。家族の愛情と幸せを象徴する大切な絵として、みんなに大事にされてきたのです」

ゆらり、と人形《ひとがた》が揺れた。幽体の身で長時間姿を視覚化しているのは、難しいのだろう。しかし、彼女は話をやめようとはしなかった。

「私もこの絵が大好きでした。この絵の前で遊び、この絵の前で泣き、時には居眠りをして育ったものです。子供が生まれたら、絶対に絵のように優しく子供を包み込んであげると心に決めていました。けれど、二十三で結婚しても最初は子供が生まれず、三十になってもう無理だと諦《あきら》めかけた矢先、ついに待望の子宝に恵まれました。それは、どれほどの喜びだったか。生まれる前から、なんと語りかけようか、どんな時間を作ろうか、いろいろ考えて楽しみにしていたのです。

そして一九四〇年の一月、私は無事に女の子を出産しました」

「一九四〇年って、確か……」

言われた年代に引っかかりを感じて、ユウリが呟《つぶや》く。

「そう。それから半年後、国境を越えて悪魔がパリにやってきました。そして、あの悪魔は私からすべてを奪い去っていったのです」

一九四〇年、六月。

世界中を震撼《しんかん》させた、ナチのパリ占領である。

当時は世界最強と思われていたフランス軍が、ナチの第三帝国に屈したのだ。革命の理念を持って広大な帝国を築き上げたナポレオンを称《たた》える凱旋門《がいせんもん》に、鉤十字《かぎじゅうじ》の忌《い》まわしい旗が翻《ひるがえ》った。

　想像するだけでもぞっとする光景だが、現実はもっと凄《すさ》まじい。

　ユダヤ人狩りが始まったのだ。

「ナチの略奪を逃れるために、家族は美術品を田舎の親戚《しんせき》の家に移す手配をしました。それでも私は心配で、あの絵だけはなんとしても守りたかったので、多少の絵心があったのを幸いに、背景を塗りつぶしてあまり人目を引かないよう細工しました。

　しかし、翌日に移動を控えたその晩、家の前に二台の車が止まったのです。降りてきたのは、制服に身を包んだナチ秘密国家警察《ゲシュタポ》のメンバーでした。密告です。出入りしていたフランス人の画商が、家にある絵画が目当てで、私たちを悪魔に売り渡したんです」

　当時パリには、多くの富めるユダヤ人がいた。

　ヨーロッパに広がるロートシルド、英国名《えいこくめい》ロスチャイルド、のフランス分家は、イギリス分家と並ぶ勢力を誇示し数多くの美術品を有していたが、そのほとんどが略奪されている。

　その犯罪を助けたのが、占領下でナチによったフランスのヴィシー政権である。彼らはナチのおこぼれにあずかって、ユダヤ人から多くの美術品を奪い取ったのだ。

「家族は、全員逮捕され、みんなばらばらに強制収容所に送られました。もちろん、生き延びた者は一人もいません」

輪郭しか持っていない相手が、見えない手で顔を覆った気がした。

ダッハウ、アウシュビッツ、ベルゲン。今では絶滅収容所と名を変えた悪名高き地名を彼女は挙げる。

「ただ、その混乱の夜、ずっと身の回りの世話をしてくれていた女性が、生まれたばかりの私の赤ちゃんを自分の子と偽って連れ出したのです。早々に荷物をまとめていた彼女を、ナチはユダヤ人を見捨てたアーリア人種として放免したようでした。

それっきり、彼女のことも、子供のこともわかっていません。生き延びたのか、死んでしまったのか」

彼女のすすり泣きが聞こえた。

「たくさん抱きしめてあげたかった！　いっぱい話がしたかった！　どうしてすべてを奪われなくてはならなかったの⁉　私たちが何をしたの⁉」

彼女の痛切な叫びは、ユウリの魂を根底から揺さぶる。

なぜ？

どうして？

なんのために⁉

当事者たちの叫びの前には、どんな歴史的解釈も意味がない。理不尽なだけの、死だ。

やがて、落ち着きを取り戻した声で、彼女が言った。

「子供に会いたい。せめて無事でいるのを確認したい。……その想《おも》いが強すぎて、ガス室の中で苦しみながら、いつしか私はこの絵に心を飛ばしていたようです。絵の中の祖母に自分を重ねながら、どこにいるか知れない子供を求め続けた」

彼女が、重たく息をつく。

「子供の泣く声がすると、いても立ってもいられなくなった。そして気がつくと、人が死んでいたんです。彼らを殺すつもりなどなかったのに……」

この絵が持ってしまった歪《ゆが》みに巻き込まれて、命を奪われた所有者たちのことだろう。

ユウリは、静かに首を振った。彼女のせいではない。その罪を彼女に帰すのは、あまりにも残酷というものだ。

再び彼女の姿が揺らいだ。ユウリは、慌てて言葉をつなぐ。なんとしても彼女の魂を救いたい。その必死の思いを言葉にのせて伝えたかった。

「捜してみます。あなたの子供を。見つかるかどうかは分からないけれど、きっとあなたに報告するから、待っていてくれますか？」

返事はなかった。精力を使い果たしたように薄らぎ始めた輪郭は、すぐに消えてなくなった。

けれど、ユウリは、彼女の涙が止まったような気がしていた。

「それで、どこにいるかも分からないような子供を見つけてやるなんて、安易な約束をしてきたわけだ、お前さんは」

3

呆《あき》れた声を出したのは、アシュレイだった。

ユウリがベージュに輝くトンネルをくぐって戻ってみると、執務室にはアシュレイとシモンがいた。ロビンは、お役ごめんとばかり、早々に姿を消したようだ。あるいは、好意的でないアシュレイと一緒にいることに気詰まりを覚えたのかもしれない。

リズたちを正門まで送り届けてきたシモンが、二人はセント・ラファエロへの往復の足として、孤児院出身者で今は働いている男の子に協力をあおいで車を出してもらっていたと、教えてくれた。おかげでシモンは、タクシーを呼ぶ必要もなく、思ったより楽に任務から解放されたそうだ。

ユウリがいない間、シモンとアシュレイがどんな話をしていたかは知らないが、ユウリから話を聞かされて困った顔をしたのはシモンも同じだった。

「大丈夫。二人には迷惑をかけないようにするから」

「ほう？　面白い。お前一人に何ができるっていうんだ？」

意地悪く言うアシュレイを、ユウリは恨みがましく見つめる。

「でも、もともと焚《た》きつけたのは、アシュレイじゃないですか……」

「そして裏切ったのは、お前だ」

ロビンと行動に出たことをまだ怒っているらしい。この調子では、ロビンはさぞかし嫌な思いをしたことだろう。

「ああ、そういえば、あいつから伝言だ」

ロビンに同情を寄せていたユウリの心を読んだように、アシュレイが言った。

「二人の友情の印はどうしたろうって、しきりに気にしてたぞ」

小馬鹿にした物言いは、内心で馬鹿にしている心情を強調している。

「友情の印？」

ユウリは首を傾《かし》げた。妖精《ようせい》が友達の印にくれるという宝物を指しているのだろうが、ユウリには覚えがなかった。

怪訝《けげん》そうな表情を見て、アシュレイがやけに楽しそうに笑う。

「なんだ。覚えてないのか。つれない奴だな。可哀相《かわいそう》に。あいつは、えらい大切そうな言い方だったぜ？」

それはそうだろう。宝物なのだから。ユウリは、ちょっと焦《あせ》った。何かを忘れているような気もするのだ。

二人の会話を黙って聞いていたシモンが、ユウリに言った。

「ロビンのことはさておき、持ち主を探すことに関しては、なんとか考えてみよう。略奪美術品を返還するために結成された美術品回収委員会という組織があるから、明日にでも連絡してみるよ。それに、今日の話では、当分カミーユの手が空いているので、彼に正式に仕事を依頼してもいい。この分野では、恐ろしいほど能力を発揮する人だから……」

シモンの頼もしい言葉に、ユウリの顔が自然とほころぶ。ほっとしたユウリの顔を見下ろして、アシュレイが苦々しく言った。

「こいつが、ところかまわず無理難題を抱え込んでくるのは、そうやって甘やかしてばかりいるお前にも責任があんじゃねえの？」

ちらりと横目でシモンを睨《にら》んだアシュレイは、問題の絵の前に歩いていった。

「できないことは、できないと言わんとね。まあ、この絵にヒントでもありゃ、別なんだがな」

そう言って伸びをしたアシュレイを、ユウリは不思議なものを見るように見つめた。

（絵にヒント？）

身体《からだ》の奥底から、ぞわぞわと血が逆流してくる。

期待に膨らむ興奮の予兆。

大切な何かを思い出そうと、細胞の一つ一つがフル回転している感じだ。

ユウリは、もう一度、絵をじっくりと見た。

花のブーケ、レースの小物、銀の時計……。

順繰りに動いていた視線が、あるものの前でぴたりと止まった。その目が大きく見開かれる。

「大変だ……」

半ば放心状態で呟《つぶや》いたユウリに、シモンが聡明《そうめい》そうな水色の瞳《ひとみ》を向ける。

「ユウリ？」

甘く柔らかな声が、心配そうに名前を呼ぶ。

ユウリは、目と口を開いたまま、興奮を抑えつけるようにシモンを見上げた。その目に浮かぶ期待と焦燥感。

「すごいことを思い出しちゃった」

何事か分からないまま、シモンはアシュレイを見やった。アシュレイも、絵の前で振り返って見ている。互いを探り合うような視線が交わされ、それがユウリ一人の興奮であることを見て取った二人が、どちらからともなく肩をすくめた。

「それで、ユウリ。いったい何を思い出したんだい？」

問いを発したのは、シモンだ。

ユウリは、絵に目を移し、興奮でかすかに震える声で言った。

「もしかしたら、この絵に縁《ゆかり》のある人が、分かるかもしれない――」


三十分後。

三人は、ユウリの寝室に立っていた。

夜更《よふ》けも過ぎ、時刻は朝に向かい始めている。寝静まった寮内からは、かすかにいびきがするほかに聞こえてくる物音はない。

東の空に昇ったばかりの細い月が部屋をかすかに照らす中、ユウリは机の引き出しから寄せ木細工の小さな箱を取り出して、二人の前で開けてみせた。

「ほら、これ」

ユウリに促されて覗《のぞ》き込《こ》んだシモンとアシュレイが、同時に唸《うな》る。

「お前、これ……」

「ユウリ……」

二人とも、言いたいことは同じである。異口同音に質問した。

「これをどこで手に入れたって？」

ユウリが二人に見せたのは、孤児院でバーベキューをやった日に手に入れたメダルである。今度訪問する時に持っていこうと思って、その存在をすっかり失念していた。

これが、刻まれた文字といい紋章といい、あの絵に描かれたメダルとそっくり同じなのだ。

ユウリは、背の高い二人に圧倒されつつ、事の経緯を話しだす。

「妖精《ようせい》の器ねえ」

妙なところで感心しているアシュレイに対し、シモンは話をそれずに言う。

「孤児院で拾ったということは、あそこにいる誰かの身分を証明するものだろう。それなら、話は早い。明日にでも、ミセス・ケイトに訊《き》いてみよう」

ユウリは、ホッとする。

自分の頼りない記憶では心もとなかったが、シモンとアシュレイの尋常でない記憶力をもってしても、メダルの同一性は確認された。ようやく肩の荷を下ろしたような気分で、ユウリは大きく欠伸《あくび》をする。これでやっと安心して眠れると思うと、急にベッドが恋しくなるユウリだった。


そして翌日。

はやる心を抑えていたユウリは、昼休みになってすぐ、シモンを急《せ》かしてミセス・ケイトの部屋を訪れた。

そこで、思いもよらない言葉を聞く。

「これ、私のものだわ」

老眼鏡をかけ、メダルをつぶさに調べていたミセス・ケイトが、顔を上げて言った。彼女は眼鏡を外し、そのせいで遠近感のずれた目をぱちぱちさせながら驚いている。

「でも、どこで見つけたの？　もう五十年も前になくしたものよ」

五十年――――。

ミセス・ケイトは、すでに六十に手が届いているというから、彼女が十歳かそこいらの頃の話だ。

シモンは素早く計算する。

一九四〇年に生まれた子供も、今年は、六十を越したはずだ。

ユウリとシモンは目を見交わした。

「それで、ミセス・ケイトは、これをどこで手に入れたか覚えていますか？」

「さあ。私を拾ってくださったシスターの話では、かごに入れられた私が手に握りしめていたものだそうよ」

「あの……」

珍しく躊躇《ちゅうちょ》したように、シモンは言葉を切った。澄んだ水色の瞳《ひとみ》が、逡巡《しゅんじゅん》に揺れる。

それを察したミセス・ケイトが、促すようにシモンに微笑《ほほえ》みかけた。

「なあに、シモン。あなたがためらうのは、とても珍しいわね」

「いえ、すみません」

静かに苦笑したシモンは、礼儀正しく優雅に質問した。

「失礼ですが、ミセス・ケイト。あなたがあの孤児院にいらした時のことを、何か知っていたら教えてください。とても重要なことなのです」

ミセス・ケイトは軽く目を見開いたが、咎《とが》めることはなかった。彼女はあの孤児院で育ったことを誇りに思っている。

「孤児院にある記録によると、私があの孤児院に預けられたのは、一九四〇年の八月だったそうよ。暑い盛りに楡《にれ》の木陰で泣いていたと聞いたわ。

あの頃は戦争中で、ナチに占領されたフランスから着の身着のままでドーバー海峡を渡った人が大勢いて、イギリスに来たはいいが、働き口もなく路頭に迷って心ならずも子供を捨てていく人が多かったようね。私もその一人だったのでしょう。

このメダルは、私にとって、唯一肉親とつながるものだったから大切にしていたのに、ある日、妖精《ようせい》の器に入れておいたら持っていかれてしまったの。妖精が、光り物が好きだなんて、その頃は知らなかったのよ」

ユウリは、その話に思うところがあった。

妖精の宝物。

ロビンのくれた友情の印はこれだったのだ。あの絵を見て、ロビンも気になったに違いない。

「それ以来、妖精《ようせい》との交信は絶えたわ。大きくなってから本で調べたのだけど、古来妖精は食べ物以外の物をもらうと、怒るか喜ぶかしてどこかへ去っていってしまうことが多いみたい。私が交信していた妖精も、このメダルを持って去ってしまった」

話し終わったミセス・ケイトは、再びメダルに視線を落とした。

長い沈黙が、ミセス・ケイトのきれいに整頓《せいとん》された部屋を支配する。開け放った窓からは、カラッとした夏の心地よい風が吹き込んでいた。

(どうして、気づかなかったんだろう……)

目の前にあるミセス・ケイトの横顔を見て、ユウリはふと思った。グレーに染めた髪を若返らせ皺《しわ》をなくした彼女の顔は、絵に描かれた女性と瓜二《うりふた》つである。

分かっている真実を彼女にどうやって伝えたらいいか、ユウリはそんなことを考え始めていた。

終章

「うっそお！」

ユウリは、人目があるのも忘れて声をあげた。

同じく自習室で本を読んだり手紙を書いたりしていたパスカルやウラジーミルが何事かと振り返ったが、パソコンに熱中しているユウリに「やれやれ」と顔を見合わせてそれぞれの作業に戻っていく。

ミセス・ケイトに絵を引き渡してから、一週間が経《た》っていた。その間に、ハワードの休学とグレイの総長就任が決まった。ユウリも歴史学のレポートを提出し、思ったより好成績で進級が決まっていた。

そして明日から夏休みという日の午後、ユウリはびっくりするようなメールを受け取った。発信者は、孤児院のお転婆娘《てんばむすめ》リズである。

画面の前で唇に人差し指を当てていたユウリは、ふいに立ち上がって自習室を出た。向かう先は、シモンの部屋である。帰省準備の生徒たちで騒がしい廊下を、ユウリは思いつめた顔で歩いていく。

シモンは、部屋にいた。応接間のソファーに座って、優雅にフランス語の雑誌を読んでいる。

「シモン、ちょっといい？」

神妙な顔で煙るような黒い瞳《ひとみ》を向けるユウリを、シモンは怪訝《けげん》そうに見返した。

「どうしたんだい、ユウリ。そんな深刻な顔をして。日本からフランスへ来る飛行機のチケットが取れなかったとか？　あっちも夏休み真っ盛りだろうしね。なんだったら僕がチケットを取って送るけど？」

ユウリは慌てて首を振った。シモンの取るチケットなんて、ファーストクラスに決まっている。

「ううん。それは取れた。八月二十日の便」

シモンに誘われて、夏休みの後半は、フランスに遊びに行くことにしたのだ。お盆の頃に日本に帰るという両親を待って、前半から中盤は日本の母方の実家に身を寄せるつもりでいる。それからフランスに寄ってシモンと過ごしてから、二人揃《そろ》ってイギリスに戻る予定だ。ユウリは、今からフランスに行くのが楽しみだった。

「ふうん。それなら、何をそんなに悩んでいるのだい？」

当てが外れたような顔で、シモンが問い直した。

「あ、うん。それが、今、リズからメールが届いていたんだけど」

「……ああ」

途端に、シモンは興味を失ったように雑誌に目を落とす。最近、ユウリはリズと頻繁にメールのやり取りをしている。そのことは、シモンも知っていた。

「それで？」

「それが、あの例の絵が、孤児院に寄贈されたんだって」

「へえ？」

大して気がなさそうに、シモンは返事をする。どの絵かも訊《き》き返《かえ》さないシモンに、ユウリの確信は深まった。

ミセス・ケイトが、かつてフランスにいたシュロッテン家の生き残りと分かった日、シモンはこれまでの経緯を現実的な面に限って話して聞かせ、かつ正当な持ち主としてサージェントの絵を彼女に引き渡した。

ユウリは、その時、絵の中の女性がこよなく幸福そうに微笑《ほほえ》むのを見た。そしてそれっきり、絵に取り憑《つ》いていた女性の気配は、そこに在《あ》った悲しみとともに消えうせた。残されたのは、母親の愛情に満ちた一枚の美しい絵だけだった。

新しく絵の所有者となったミセス・ケイトは、シモンの勧めでその絵を売却し孤児院移転を阻止するための資金繰りに充《あ》てることにした。

子供たちを守るのに役立てば、あの絵の女性も反対しないだろう。

本音を言うと、ミセス・ケイトに持っていてほしかったユウリだが、こうするのが一番いいのだと自分を納得させた。

そして一昨日《おととい》の日曜日。老舗《しにせ》のオークションハウス、クリスティーで、絵の競《せ》りが行われた。あの絵には責任があるからというアシュレイに誘われて、シモンと三人、ロンドンまで出向いていった。

サージェントの絵は、予想をはるかに上回る値がついた。最終的に競り合ったのは、英《えい》国《こく》が誇るテイト・ギャラリーと、代理人を立ててきた謎《なぞ》の個人収集家であった。

最初の五分でぐんぐん膨らんだ金額に、ユウリは圧倒されたように電光掲示板を見つめた。

その時、個人収集家の代理人を観察していたアシュレイが、急にシモンを振り返ってじろじろと眺めだした。それから、もう一度、代理人に目を戻す。

確かに、その代理人が時折こちらへ視線を流すことに、ユウリも気がついていた。けれどそれは、あまりに場違いな自分か、あるいは完全に周囲とは趣を異にしている奇抜なアシュレイの服装センスに向けられたものだと思っていた。

やがてアシュレイが、含みのある物言いでシモンに問いかけた。

「なあ、ベルジュ。あの個人収集家、天下のテイト・ギャラリーを相手に、どこまで値を吊《つ》り上《あ》げる気かね？」

「さあ」

一つ桁《けた》が上がった電光掲示板を、シモンは楽しそうに見上げている。

「勝つまでではないですか？」

言い方は謙虚だが、やけに自信に満ちた声で応じたシモンに、アシュレイが低く口笛を吹いた。

そして、結果はシモンの言ったとおりになった。

予定額の十倍近い値段で、個人収集家が落札したのだ。久々の大きな舞台に人々の興奮が渦を巻いている会場で、フウッと大きく息を吐いたアシュレイが、こきこきと首を鳴らしながら言う。

「そういえば、先週末に株価が大幅に動いたそうだ。上手《うま》く売り買いしていれば、一夜にして億万長者になれたってさ。俺にもそんなあぶく銭があれば、これくらいの無茶をする気にもなるがね」

（株価の変動？）

アシュレイのもたらした新たな情報が、ユウリの心に引っかかった。ただ、その時は確認もしないまま、アシュレイの連れていってくれたパブで大いに羽目を外して帰ってきたのだ。

それを今になって、思い出した。

あの時の情景をまざまざと思い浮かべながら、ユウリはシモンを見やる。

「……やっぱり、あの絵を競《せ》り落《お》としたのは、シモンだったんだ？」

目が飛び出るような大金で買い取られた絵が、どうしてこんな片田舎の孤児院なんかに寄贈されるのか。

その答えは、一つしか考えられない。シモンは、絵を売却すると聞いた時のユウリの気持ちを見抜いていたのだ。

「さあ、どうだろう」

興味なさそうに言ったシモンが、読んでいた雑誌を閉じてソファーの背にゆったりともたれかかる。

「まあ、いいじゃないか。誰が競り落としたにせよ、あの絵は、あるべき場所に自ら戻っていっただけだろう」

そう言って優雅に笑うシモンに、ユウリは駆け寄って抱きついた。

「ありがとう《メルシイ・ボクー》」

耳元で囁《ささや》くと、シモンは返事の代わりに、ユウリを抱き寄せた腕でトントンと背中を宥《なだ》めるように優しく叩《たた》いた。

あとがき

こんにちは。篠原美季《しのはらみき》です。早いもので、初めて自分の本が世に出てから半年近くが過ぎようとしています。光陰矢のごとし。歳月人を待たず。時は金なり。最後はちょっと違うか。とまれ、恐ろしいことに、気がついたらまわりでは秋の風が吹いていました。この半年、私は何をしていたのでしょう。ああ、そういえば、遠くエーゲ海を見渡すギリシャへ行ってきました。アトランティス伝説の残るサントリーニ島。島の突端にあるイアは、風の吹き抜ける石畳の小路《こみち》が迷路のように入り組んで白壁に太陽が反射するエキゾチックな美しい街でした。青い海に青い教会の屋根と白い十字架も、ビューティフル。さすがギリシャは神話の国だけに、各所に幻想的な風景が見られて良かったです。とはいえ、この旅行はかつてないほど波乱に満ちたものとなりました。手始めに不幸が襲ったのは、私のスーツケース。ぽつんとパリのシャルル・ド・ゴール空港に置き去りにされた心持ちは、いかばかりであったかと想像するに、つくづく私じゃなくて良かったと思いましたね。まあ、真夜中のアテネ空港でスーツケースに再会できなかった私の心も、かなり暗澹《あんたん》としたものがありましたけど、その辺は一緒にいた友人たちと笑い飛ばして終わり。いろいろ気遣ってくれたYちゃんとT子に感謝。このほかにも怒濤《どとう》のように押し寄せたハプニングは、ここでは割愛しますが、「アシュレイの呪《のろ》いか？」と疑いたくなるほど大変な旅行でした。

さて、第一作目のあとがきで私は大勢の方々に感謝を捧《ささ》げましたが、その後もたくさんの方からご厚情を賜りとてもありがたかったです。その中でも早々に励ましのお手紙をくださった方々には、改めてお礼を申し上げたいと思います。思わず微笑《ほほえ》んでしまうような可愛《かわい》らしいものもありましたが、総じてとても丁寧な文章で心温まるお言葉をいただけて嬉《うれ》しかったです。感想、質問、意見などは、今後執筆を続けるうえでとても参考になりますし励みにもなります。ありがとうございました。また、個人のホームページに書評を載せておられる方も何人かいらっしゃって、こちらは手厳しいものもありますが、それはそれで勉強になるのでありがたく拝読させていただきました。ほかにも、私が進呈した本以外にもわざわざ店頭に出向いて買ってしまったという多くの友人たちや、世代の壁を突き破って購買層を広げてくださった近所のオバサマや親戚《しんせき》の叔母《おば》さん、母の友人方などなど、改めて自分が恵まれた人間であると実感しました。ありがとうございます。

それはそうと、読者の方からの手紙で、「かわい千草《ちぐさ》さんのイラストに惹《ひ》かれて手に取りました」というものがあって、私は読みながら深く頷《うなず》いていました。前回のあとがきを書いている段階では、まだラフ・スケッチ以外のイラストは見ていなかったのですが、初めて表紙のカラーイラストを見た時はあまりの美しさに呆然《ぼうぜん》としてしまったほどです。もともと色使いや構成のきれいな方だと思ってお仕事をお願いしたのですが、それがパーフェクトに発揮されていて感動しました。今回の分もこの段階ではまだ見ていませんが、どんなものが出来上がるかと今からワクワクしています。かわい千草さんの漫画「エスペランサ（1巻、2巻）」をお読みの方は分かると思いますが、かわいさんは、その場に流れる空気を表現するのが上手《うま》い方だと思います。きちんと空気に流れがあるから、一枚一枚のイラストが持っている空間が深いのでしょう。前作の「英国妖異譚《えいこくよういたん》」でも、最後に妖精モルガーナが領主の娘に手を差し伸べるシーンなんか、憎しみや悲しみが美しく昇華されていく様子が伝わってきて、私は個人的に一番気に入っています。最近はご多忙とうかがっておりますが、今後ともよろしくお願いします。

さてさてさて、さすがにそろそろ内容について語ってみようと思います。

今回のテーマは、ナチの略奪絵画です。しかも肖像画。肖像画といえばホラーの定番で書き尽くされた観があるのですが、心配していたほど書きにくいものでもなかったのでホッとしています。サージェントは好きな画家というより、私にとって五本の指に入る大好きな作品を描いた画家です。作中でも触れていますが、イギリスのテイト・ギャラリーが、かのにある「カーネーション、ユリ、ユリ、バラ」という絵で、テイト・ギャラリーが、かの有名なミレイの「オフェリア」を掲げて日本に来た時に、初めて遭遇し虜《とりこ》になりました。パリの社交界を追放されたサージェントは、イギリスに渡って貴族たちの肖像画を多く描いたらしく、カントリーハウスやマナーハウスには時々彼の手になる肖像画が無造作に飾られているようです。もっとも肖像画という範疇《はんちゅう》がほかの絵画と違ってあまり売りに出されないものだから、それこそルノアールやゴッホクラスでも、未《いま》だに公開されたことのない絵があっても不思議ではないのでしょうね。実際、ルノアール展を見に行った時には、個人蔵という肖像画が多かったのを覚えています。

今回アシュレイはすっかりシモンに負けてしまいましたが、今後はどうなることでしょう。次回は、彼らの夏休みの話として、フランスの古城を舞台にユウリとシモン、アシュレイが活躍する話を一つ書くつもりです。それにしても、また夏か。違う。まだ夏なんだな、彼らの場合。いつになったら新学期になるのだろう。気の長い話だ。

最後になりましたが、私の初の文庫を担当してくださったN氏が異動となり、新たにW女史が担当してくださることになりました。N氏には、本当にお世話になりました。ありがとうございます。そして鋭いご意見をくださるW女史、今後ともどうぞよろしくご指導ください。

それでは、次回作でお目にかかれることを祈って――。

自宅にて鈴虫の音を聞きながら　篠原美季《しのはらみき》　拝

シリーズ第2作の『嘆きの肖像画』、いかがでしたか？

作者の篠原美季先生に、みなさまのご感想、励ましのお便りをお寄せください。

イラストのかわい千草先生は、コミック『エスペランサ①〜④』（新書館）が発売中です。応援のお便りをお寄せください。

篠原美季先生へのファンレターのあて先
〒112-8001　東京都文京区音羽2-12-21　講談社　X文庫「篠原美季先生」係
かわい千草先生へのファンレターのあて先
〒112-8001　東京都文京区音羽2-12-21　講談社　X文庫「かわい千草先生」係

N.D.C.913　300p　15cm

篠原美季（しのはら・みき）
4月9日生まれ、B型。明治学院大学社会学部社会学科卒。横浜市在住。出かける時は本を2冊は持って出るタイプ（単に優柔不断なのか）。特技はタロット占い。怖がりなのにオカルト大好きで、夜中にしょっちゅう唸っている。

講談社X文庫

white heart

嘆《なげ》きの肖像《しようぞう》画《が》　英国《えいこく》妖異《ようい》譚《たん》2

篠原《しのはら》美《み》季《き》

●

2001年12月5日　第1刷発行
2004年2月6日　第4刷発行
定価はカバーに表示してあります。

発行者——野間佐和子
発行所——株式会社 講談社
東京都文京区音羽2-12-21 〒112-8001
電話 編集部 03-5395-3507
販売部 03-5395-5817
業務部 03-5395-3615
本文印刷—豊国印刷株式会社
製本———加藤製本株式会社
カバー印刷—信毎書籍印刷株式会社
デザイン—山口　馨

ISBN4-06-255583-2

講談社X文庫ホワイトハート・FT&NEO伝奇小説シリーズ

リキッド・ムーン　しのさき麻璃絵
第10回ホワイトハート大賞《佳作》受賞作。（絵・久堂仁希）

英国妖異譚　篠原美季
第8回ホワイトハート大賞《優秀作》!（絵・かわい千草）

嘆きの肖像画　英国妖異譚2　篠原美季
呪《のろ》われた絵画にユウリが使った魔術とは!?（絵・かわい千草）

囚われの一角獣《ユニコーン》　英国妖異譚3　篠原美季
処女の呪いが残る城。ユウリの前に現れたのは!?（絵・かわい千草）

終わりなきドルイドの誓約《ゲッシュ》　英国妖異譚4　篠原美季
下級生を脅かす骸骨の幽霊。その正体は!?（絵・かわい千草）

死者の灯す火　英国妖異譚5　篠原美季
ヒューの幽霊がでるという噂にユウリは!?（絵・かわい千草）

背信の罪深きアリア　英国妖異譚SPECIAL　篠原美季
待望のユウリ、シモンの出会い編。（絵・かわい千草）

聖夜に流れる血　英国妖異譚6　篠原美季
贈り主不明のプレゼントが死を招く!?（絵・かわい千草）

とおの眠《ねむ》りのみなめさめ　紫宮　葵
第7回ホワイトハート大賞《大賞》受賞作!（絵・加藤俊章）

黄金《きん》のしらべ　蜜の音　紫宮　葵
蠱惑の美声に誘われ、少年は禁断の沼に…。（絵・加藤俊章）

傀儡《くぐつ》覚醒　鷹野祐希
第6回ホワイトハート大賞《佳作》受賞作!!（絵・九後　虎）

傀儡喪失　鷹野祐希
すれ違う海生《かいせい》と菜樹《なみき》に、五鬼衆の新たな罠が。（絵・九後　虎）

傀儡迷走　鷹野祐希
亡霊に捕われた菜樹は脱出できるのか!?（絵・九後　虎）

傀儡自鳴　鷹野祐希
菜樹は宇津保のあるべき姿を模索し始める。（絵・九後　虎）

傀儡解放　鷹野祐希
ノンストップ伝奇ファンタジー、堂々完結!（絵・九後　虎）

FW（フィールドワーカー）猫の棲む島　鷹野祐希
祟り？　呪い？　絶海の孤島のオカルトロマン!（絵・九後奈緒子）

影の眠る街　遠山真夕子
日常が突如、恐怖へ。時と影が織りなすネオ・ホラー!!（絵・上野かおり）

EDGE《エッジ》　とみなが貴和
私には犯人が見える…天才心理捜査官《プロファイラー》登場!（絵・沖本秀子）

EDGE2 ～三月の誘拐者～　とみなが貴和
天才犯罪心理捜査官が幼女誘拐犯を追う!（絵・沖本秀子）

EDGE3 ～毒の夏～　とみなが貴和
都会に撒かれる毒。姿の見えない相手に錬摩は!?（絵・沖本秀子）

講談社X文庫ホワイトハート・FT&NEO伝奇小説シリーズ

銀闇を抱く娘 鎌倉幻譜　中森ねむる
少女が消えた！　鎌倉を震撼させる真相は⁉（絵・高橋　明）

冥き《くら》迷いの森 鎌倉幻譜　中森ねむる
人と獣の壮絶な伝奇ファンタジー第2弾！（絵・高橋　明）

果てなき夜の終わり 鎌倉幻譜　中森ねむる
翠と漆黒の獣とを結ぶ真相が明かされる⁉（絵・高橋　明）

蒼き双眸の記憶 鎌倉幻譜　中森ねむる
何かが蠢《うごめ》きだした鎌倉を翠《みどり》は守り通せるか⁉（絵・忍　青龍）

ゴー・ウエスト 天竺漫遊記①　流　星香
伝説世界を駆ける中国風冒険活劇開幕‼（絵・北山真理）

スーパー・モンキー 天竺漫遊記②　流　星香
三蔵法師一行、妖怪大王・金角銀角と対決‼（絵・北山真理）

モンキー・マジック 天竺漫遊記③　流　星香
中国風冒険活劇第3弾。孫悟空奮戦す！（絵・北山真理）

ホーリー&ブライト 天竺漫遊記④　流　星香
えっ、三蔵が懐妊⁉　中国風冒険活劇第四幕。（絵・北山真理）

ガンダーラ 天竺漫遊記⑤　流　星香
天竺をめざす中国風冒険活劇最終幕‼（絵・北山真理）

黒蓮の虜囚 プラパ・ゼータ　ミゼルの使徒①　流　星香
待望の「プラパ・ゼータ」新シリーズ開幕！（絵・飯坂友佳子）

彩色車《カレット》の花 プラパ・ゼータ　ミゼルの使徒②　流　星香
人気ファンタジックアドベンチャー第2弾。（絵・飯坂友佳子）

蒼海の白鷹《しろたか》 プラパ・ゼータ　ミゼルの使徒③　流　星香
海に乗り出したミゼルの使徒たちの運命は⁉（絵・飯坂友佳子）

雪白の古城 プラパ・ゼータ　ミゼルの使徒④　流　星香
陸路を行くジェイたち。古城には魔物が……。（絵・飯坂友佳子）

幻の眠り姫 プラパ・ゼータ　ミゼルの使徒⑤　流　星香
ジェイの行く手に、水晶竜の爪を狙う男が⁉（絵・飯坂友佳子）

迷蝶の渓谷 プラパ・ゼータ　ミゼルの使徒⑥　流　星香
ジェイとルミの回国の旅、クライマックスへ！（絵・飯坂友佳子）

顔のない怪盗 輝夜彦夢幻譚①　流　星香
青白き月の光のイリュージョン・ミステリー‼（絵・飯坂友佳子）

水底の迷宮 輝夜彦夢幻譚②　流　星香
〝快盗D〟演じる〝輝夜彦〟の正体は⁉（絵・飯坂友佳子）

不死を継ぐ者 輝夜彦夢幻譚③　流　星香
イリュージョン・ミステリー完結編‼（絵・飯坂友佳子）

愚か者の恋 真・霊感探偵倶楽部　新田一実
見知らぬ老婆と背後霊に脅える少女の関係は？（絵・笠井あゆみ）

死霊の罠 真・霊感探偵倶楽部　新田一実
奇妙なスプラッタビデオの謎を追う竜憲が⁉（絵・笠井あゆみ）